FOLIO JUNIOR

Merci à l'école de Southlands
pour son soutien

Titre original : *Heaven Eyes*
Édition originale publiée par Hodder Children's Books,
a division of Hodder Headline plc, Londres, 2000

David Almond

Ange des Marais Noirs

Illustrations
de Georges Lemoine

traduit de l'anglais
par Cécile Dutheil de la Rochère

Gallimard Jeunesse

Pour Jim et Katleen Almond

Première partie

WHITEGATES

1

Je m'appelle Erin Law, et je vais vous raconter l'histoire de ce qui s'est passé le jour où j'ai quitté Whitegates en radeau avec mes deux meilleurs amis, January Carr et Mouse Gullane. Certains vous diront qu'aucun des événements rapportés ici n'a eu lieu, ils vous diront que nous avons tout inventé, tout rêvé. Pourtant, cela s'est déroulé ainsi : dans les Marais Noirs, nous avons rencontré Ange, nous avons trouvé le « saint », et nous avons découvert le trésor et les secrets de Granpa qui ensuite a disparu dans le fleuve. Enfin, nous avons ramené Ange à la maison et elle vit aujourd'hui parmi nous, heureuse. Ils vous diront que ce n'est pas Ange, mais une enfant comme nous, une enfant brisée. Or c'est bien elle, et vous la reconnaîtriez facilement. Regardez les doigts de ses mains et de ses pieds. Écoutez sa voix, douce et étrange. Admirez le talent qu'elle a pour mettre en évidence la joie qui se cache derrière la misère du monde. Oui, c'est elle. Et l'histoire que vous allez lire a eu lieu. January, Mouse et moi en avons été les témoins. Tout est vrai. Alors, écoutez.

Nous sommes des enfants brisés. Nous avons tous perdu nos parents. C'est pourquoi nous vivons dans cette maison appelée Whitegates, au milieu du domaine Saint Gabriel. January, par exemple, fut abandonné le lendemain de sa naissance sur les marches d'un hôpital. On l'a baptisé January (Janvier) parce que c'est en ce mois amer qu'on l'a trouvé, et c'était devant l'hôpital Carr Hill, d'où son nom de famille, Carr. Vous ne le verrez plus à

Whitegates aujourd'hui, mais vous comprendrez pourquoi à la fin du récit.

Mouse est aussi un enfant abandonné. Sa mère est morte, comme la mienne, et son père a disparu. Il vous dira que son père vit en Afrique, mais lui-même n'en est pas certain. On l'appelle Mouse à cause de la petite souris qu'il a toujours dans la poche – sa seule véritable amie, dit-il –, Glapi la Souris.

Whitegates est une bâtisse de trois étages, entourée par un jardin bétonné et une clôture métallique. La maison est dirigée par Maureen, une femme usée par les années qu'elle a passées à s'occuper d'enfants comme nous. Elle était usée avant même que nous nous enfuyions en radeau ce soir-là. C'est elle qui nous explique que nous sommes des enfants « brisés ». Elle dit que quoiqu'il arrive, nos chances de réussir dans la vie sont plus réduites que celles des autres enfants. Elle dit qu'il nous faudra travailler très dur pour arriver à nous frayer un chemin dans le monde. Mais elle sourit et nous caresse les épaules, et dit aussi que si nous sommes prêts à coopérer avec elle, il n'y a aucune raison pour que nous ne devenions pas des gens parfaitement respectables. D'ailleurs on lit parfois dans son regard sa volonté, son désir infini d'y croire elle-même. Souvent elle se penche à la fenêtre pour nous regarder chuchoter dans le jardin. Elle s'arrête dans l'embrasure de la porte qui mène à la salle de billard et nous observe, les doigts contre la joue, le regard empreint de ce désir. Maureen vit dans un appartement situé derrière son bureau et nous l'entendions souvent pleurer tout bas. A cette époque elle avait du mal à dormir. Parfois nous la voyions errer dans les couloirs au cœur de la nuit, les yeux mouillés de larmes. De nombreuses histoires et rumeurs circulaient à son propos : elle n'avait jamais pu avoir d'enfants ; ou alors, elle avait eu un enfant, très beau, mais il était mort dans ses bras en bas âge ; ou encore elle avait eu plusieurs enfants, mais leur père les lui avait arrachés et on ne les avait jamais revus. Personne ne connaissait la vérité mais nous tissions des légendes pour essayer de comprendre l'étrange mélange d'amour et d'amertume que nous lisions dans ses yeux. Elle avait des yeux si froids, si froids... Des yeux qui reflétaient sa volonté de nous aimer et de nous faire confiance, mais qui le plus souvent nous renvoyaient une image d'enfants brisés, irréparables.

Une douzaine d'enfants vivent à Whitegates. Certains parmi nous sont comme Maureen, marqués par la tristesse ou rongés par l'amertume. D'autres ont le cœur brisé et l'âme tourmentée. Mais en général, nous sommes liés par une forte amitié car seule cette solidarité peut nous aider à supporter les psychiatres, les psychologues, et tous les auxiliaires de l'assistance publique qui viennent nous voir – assistants sociaux, assistants au jeu, assistants luttant contre la drogue, pour la santé et le bien public. Cela nous aide à supporter Maureen et ses collaborateurs, ses questionnaires, sa froideur, ses séances de thérapie de groupe. C'est le seul moyen pour nous de recréer un petit coin du paradis que nous avons perdu.

Lors de certaines de ces séances, on nous demande parfois de retrouver ce paradis. On nous demande d'essayer d'imaginer le monde que nous avons connu avant Whitegates. Nous sommes assis en cercle dans le foyer Maureen commence par rappeler ce qu'on sait sur chacun de nous : qui était notre mère, qui était notre père, pourquoi nous avons été séparés d'eux. Sur certains bien sûr, on sait très peu de chose. Mais Maureen nous demande de dire tout ce dont nous pouvons nous souvenir. Ses assistants, Fat Kev et Skinny Stu, marchent de long en large derrière nous et nous encouragent à nous exprimer. Ensuite elle nous demande d'imaginer ce qu'on ne se rappelle pas et ce qu'on ne sait pas. Elle affirme qu'il est important que chacun puisse raconter l'histoire de sa vie, même si c'est un mélange de faits réels, de souvenirs et d'événements imaginaires. En plus, nous tenons chacun un « Livre de ma Vie » qui contient des photos, des dessins, des compte-rendus d'événements et des récits. Certains des enfants jouent parfaitement le jeu. Ils arrivent à inventer une nouvelle histoire à chaque séance. Leur livre est rempli de vies et d'histoires virtuelles. D'autres sont plus renfermés et refusent de se prêter au jeu, leur livre est presque vide.

Très vite, January fut de ceux qui refusaient de se prêter au jeu. Pourtant, un jour, il nous a raconté l'histoire d'une femme folle qui errait dans la nuit, fouettée par une tempête glaciale. Elle était très jeune, très belle, mais désespérée. Elle portait dans les bras un nouveau-né enroulé sous les couvertures au fond d'une boîte orange. Elle avait beau aimer ce bébé du fond de son cœur, elle savait qu'elle ne pouvait pas s'en occuper. Elle avançait vers l'hôpital en se cachant dans l'ombre. Elle attendait le cœur de la nuit, tremblant de froid, de douleur et d'amour. Quand soudain elle s'est précipitée à travers la tempête pour déposer le bébé au seuil des marches de l'hôpital avant de disparaître en un éclair.

– C'était magnifique, a dit Maureen.

Et elle a tendu la main vers January pour lui caresser le front.

– C'est peut-être une histoire vraie, a-t-elle ajouté.

January la fixait du regard, les yeux brillants et reprenant :

– Elle m'aimait. Elle m'a abandonné parce qu'elle m'aimait. Mais elle était jeune, pauvre, et désespérée. Elle savait qu'elle ne pouvait pas s'occuper de moi.

– Oui, disait Maureen. Oui, c'est peut-être une histoire vraie.

Elle avait beau sourire à tout le monde, il émanait de son regard une immense tristesse, comme si elle avait déjà entendu ce récit maintes et maintes fois. Elle nous a demandé de remercier January d'avoir su montrer une telle confiance. Puis elle lui a demandé s'il avait aussi imaginé son père. January a baissé les yeux. Il a secoué la tête et dit :

– Non.

– Cela pourrait t'aider dans le travail que tu fais sur toi.

Maureen nous regardait comme si elle voulait que nous aidions January. Personne ne disait un mot.

– Non, dit January. Il ne l'aimait pas. Il ne m'aimait pas. C'est tout ce qu'il y a à savoir.

Il avait le regard sombre. Maureen souriait avec douceur et acquiesçait légèrement de la tête.

– Mais elle reviendra me chercher.

– Comment, mon chéri ?

Il la fixait du regard.

– Elle reviendra. Elle reviendra me chercher, répétait January. Elle m'aime toujours et elle veut me revoir. Un jour elle reviendra me chercher.

A nouveau Maureen a acquiescé légèrement de la tête en souriant. Mais nous lisions dans ses yeux : Brisés. Irréparables.

Mouse Gullane, lui, est un garçon doux et timide. Comme il veut avant tout faire plaisir aux autres, il essaye toujours de jouer le jeu. Sa mère est morte peu après sa naissance et son père s'est occupé de lui pendant quelques années. Il a même une photo de son père en train de jouer au football au milieu d'hommes en bleu de travail au bord d'une rivière. Parfois, il indique l'un de ces hommes en disant que c'est son père. Le lendemain, c'est un autre. Sur la photo, les hommes sont si petits qu'il n'est jamais sûr de pouvoir identifier le bon. Il dit que son père est parti parce qu'il ne pouvait pas s'occuper de lui.

– Il m'aimait, il m'aimait sûrement.

Et il montre les mots bleus que son père a tatoués sur son bras avant de le quitter :

Merci de prendre soin de moi

– Vous voyez ? Il se faisait du souci pour moi, même s'il savait qu'il allait partir.

Alors il éclate en sanglots et pleure toutes les larmes de son corps.

Quant à moi, je n'ai pas besoin de jouer le jeu. A l'époque, Maureen disait que j'étais têtue et que si je ne changeais pas, mon cœur deviendrait dur comme la pierre, et moi, de plus en plus amère. Un jour, alors que je refusais de partager mes souvenirs avec elle, ses yeux se sont mis à briller, son sourire a disparu et son ton est devenu plus cassant. Elle m'a dit que si je ne changeais pas d'attitude je deviendrais exactement comme Maman. Ce n'était quand même pas ce que je voulais, non ?

– Si ! je lui ai lancé à la figure. Si ! Si !

Et j'ai répondu en hurlant qu'elle ne savait rien sur Maman, elle ne savait rien de sa force ni de sa tendresse. Je me suis précipitée hors de la pièce, hors de la maison, hors du domaine. Derrière moi j'ai entendu Maureen m'appeler près du portail, mais je ne faisais plus attention à elle. J'ai couru jusqu'au fleuve et je me suis assise au milieu des ruines du passé, regardant l'eau couler vers la mer. Oui, je sais ce que c'est que souffrir et être seul dans l'ombre. Parfois je m'enfuis si loin que j'ai peur de ne pas retrouver mon chemin. Heureusement je le retrouve toujours et je brûle à nouveau de joie. Et ce jour-là, je brûlais de joie.

Je n'ai pas besoin d'imaginer ma vie. Je n'ai pas besoin de ces séances débiles. Je n'ai pas besoin de tenir un des ces « Livre de ma vie » débile. J'ai dans la tête des souvenirs à moi, des souvenirs qui ne me quitteront jamais. Je nous revois, Maman et moi, dans notre petite maison à la lisière du domaine Saint-Gabriel. Je la sens qui effleure ma peau. Je devine son souffle contre mon visage. Je sens son parfum. J'entends son murmure à mon oreille. Je possède ma petite boîte à trésors et à tout moment je peux ramener à moi ma Maman adorée.

2

Il est facile de s'enfuir de Whitegates. La plupart l'ont déjà fait. D'ailleurs on nous répète sans cesse que ce n'est pas une prison, que le but n'est pas de nous enfermer. Il suffit de jeter son sac par-dessus l'épaule et d'aller faire un petit tour dehors en disant qu'on part pique-niquer ou autre chose. En fait, c'est surtout le moyen de voler quelques heures de liberté avant de rentrer, tenaillé par la faim ou épuisé par une longue nuit passée sous la pluie. Il arrive que l'un de nous disparaisse une semaine ou plus avant d'être ramené dans un car de police ; alors il revient, l'air hagard, affamé, de lourdes poches sous les yeux et un mystérieux sourire aux lèvres.

January Carr était depuis toujours mon compagnon de fuite. Nous avions fugué ensemble une ou deux fois. La première fois, nous avions passé la nuit de l'autre côté du fleuve, à Norton. Nous avions dormi derrière un restaurant dans des cartons transformés en lit et mangé des pizzas froides qui traînaient dans un grand sac poubelle. La seconde fois, nous avions marché le long du fleuve jusqu'à la lande et dormi à la belle étoile dans la bruyère. Des heures entières, nous regardions les étoiles filantes et discutions de l'univers, de l'infini… Nous rêvions de nous promener ainsi pendant des années, tels deux vagabonds, libres comme les bêtes et les oiseaux, loin de la ville, buvant l'eau des rivières, chassant les lapins et cueillant les baies. « Rien ne nous en empêche », murmurions-nous. Rien. Mais le lendemain matin, un chien de police nous avait réveillés en nous léchant le visage, et un officier se dressait devant nous, les mains sur les hanches, secouant la tête. « Allez, disait-il. Allez, pauvres gamins. »

Il existe différentes méthodes de fuite. La plus courante est tout simplement de partir à pied. Mais il y a aussi l'autostop. Ou les bus et les trains. Ou encore les voitures qu'on peut voler et conduire jusqu'à ce que le réservoir soit vide. Cette fois-ci pourtant, January a eu une nouvelle idée. Jusqu'ici personne n'avait essayé de s'enfuir sur un radeau. Lui seul était assez fou pour imaginer un truc pareil.

Il est entré dans ma chambre un beau matin. Il s'est arrêté sur le seuil, un large sourire aux lèvres.

– En radeau ? ai-je demandé.

– Ouais, en radeau. On s'enfuit en remontant le fleuve et on plaque tout.

J'imaginais les eaux noires et profondes du fleuve, la force des courants, le danger. Je lui ai répondu en éclatant de rire :

– Tu es fou !

Les yeux exorbités, brillants d'excitation, il s'est exclamé :

– Il est superbe. J'ai piqué les portes de l'un des vieux entrepôts et je les ai clouées sur des planches. J'ai même passé une couche de vernis.

– Tu es fou ! Il va couler. On va se noyer.

– Se noyer ! Je croyais que tu avais le goût de l'aventure ?

J'ai soupiré. Je sentais déjà l'eau du fleuve ruisseler sous mon corps et m'emporter au loin.

– Imagine, a murmuré Jan, toi et moi, le radeau et le fleuve. La liberté, Erin. La liberté.

J'imaginais parfaitement : la lune nous éclairerait, les lumières de la ville illumineraient les berges, l'eau coulerait entre mes doigts.

– Wouah ! Wouah !

– Ouais. Tu imagines, non ?

Soudain on a entendu Maureen crier en bas.

– January ! January Carr ! J'espère que ce n'est pas toi que j'entends dans la chambre d'Erin.

Calmement, il s'est relevé.

– Toi et moi, Erin, en route pour la liberté. Imagine…

Il m'a fait un clin d'œil et a disparu à tâtons.

Pendant des semaines et des semaines, j'ai senti l'eau du fleuve couler sous mon corps. J'imaginais le radeau qui tanguait. Je rêvais de notre long voyage.

Je savais que je partirais avec lui.

3

Vendredi, le jour où nous sommes partis, nous avions une nouvelle séance. Maureen portait sa petite robe verte soyeuse avec des chaussures blanches ; le visage appuyé dans la main, elle nous observait avec tendresse. Fat Kev et Skinny Stu faisaient les cent pas derrière nous. Jan arborait un immense sourire dès que je croisais son regard.

Maureen nous prodiguait son sermon habituel : nous étions dans un lieu sûr, solidaires les uns des autres, nous pouvions dire tout ce qui nous passait par la tête, en toute liberté.

– Notre but est que vous n'ayez peur de rien, disait-elle. Nous sommes là pour panser vos blessures et effacer vos soucis.

Elle nous a fait faire un travail visuel. Il fallait imaginer que nous étions dans un espace chaud et sombre, flottant dans une eau chaude et sombre, l'esprit et le corps au repos. Il n'y avait ni futur, ni passé, ni trouble… Peu à peu je me suis mise à imaginer une eau glaciale, un courant très fort. Le clair de lune brillait, le radeau glissait et tournoyait. C'était la Liberté. La Liberté. J'ai ouvert les yeux et adressé un immense sourire à Jan, dont les yeux brillants reflétaient le fleuve et le clair de lune. Puis Maureen nous a demandé de concentrer nos esprits sur l'espace de la pièce. Et elle a recommencé à parler de problèmes, de dégâts, de malheur.

Je scrutais les visages autour de moi. Je regardais

Maxie Ross se mordiller les doigts en priant pour que Maureen ne commence pas par lui. Je contemplais Fingers Wyatt qui avait de si beaux yeux verts, et dont la peau était marquée par les cicatrices et les brûlures. J'observais Wilson Cairns, immobile, le regard vide fixé au mur, si gros que ses hanches débordaient de sa chaise. C'était un des rares à ne jamais essayer de fuir. Il était tellement lourd qu'il pouvait à peine marcher, encore moins courir. Il était arrivé un jour avec une petite valise, un sac d'argile et des instruments de modelage. On disait qu'il avait failli mourir entre les mains de ses parents. Whitegates était pour lui un havre de sécurité, un lieu où il pouvait rêver, travailler son argile et construire son monde étrange. Maureen avait renoncé à essayer de le faire parler depuis longtemps. Il portait des lunettes aussi épaisses qu'un cul de bouteille, qui lui faisaient des yeux énormes. Il parlait à peine, même avec nous. Mais ce n'était pas par timidité ni par crainte. Derrière ses lunettes et sous son embonpoint, Wilson arpentait son domaine imaginaire et bâtissait un monde magique avec ses doigts potelés. Quand il parlait, c'était pour essayer de nous faire part de ses aventures insolites et de nous ouvrir les portes de son univers. Je regardais également le timide Mouse, et January, affalé, les jambes allongées, mâchant du chewing-gum et soupirant comme s'il s'ennuyait à mourir. J'observais chacun et je pensais à tous les merveilleux moments que nous avions passés ensemble à chuchoter dans une chambre à minuit, manger des bonbons volés, fumer des cigarettes volées et boire à la bouteille du sherry volé, courir déchaînés le long du fleuve jusqu'aux vieux entrepôts, nous asseoir au crépuscule dans le jardin pour livrer nos secrets et partager nos rêves les plus fous. Quand nous nous réunissions ici en cercle, nous étions complètement différents, comme si Maureen ne savait rien sur nous. Rien.

– Tu as l'air inquiet aujourd'hui, Sean, dit-elle.

Sean était le prénom officiel de Mouse. Il a sursauté comme un chat effrayé. Il a rougi et a eu soudain les larmes aux yeux.

– Qu'est-ce qui te fait du souci ? Tu ne veux pas nous le dire ?

Elle se penchait en avant et souriait.

– Sean. Nous connaissons tous tes problèmes. Allez, parle à Maureen et à tes amis. C'est encore à propos de ton papa ?

Pauvre Mouse. Tellement innocent. Je le lui avais répété cent fois : ne lui dis pas la vérité. Invente quelque chose. N'importe quoi. Une montagne de mensonges, Mouse. Mais à chaque fois il se faisait avoir, il recommençait à trembler, sangloter et montrer les mots tatoués sur son bras. Maureen insistait pour lui extirper son histoire et Fat Kev se tenait derrière en grattant son gros ventre.

– Fous-lui la paix, ai-je dit soudain.

– Pardon ? a répliqué Maureen.

– Elle a dit fous-lui la paix, a repris Skinny Stu derrière moi.

Maureen a hoché la tête et claqué doucement la langue. Elle a esquissé un sourire forcé et m'a demandé :

– Tu es de mauvaise humeur aujourd'hui, Erin ?

– Non, pas du tout. Simplement fous-lui la paix.

J'ai jeté un regard à travers la grande fenêtre qui donnait sur le domaine. Le soleil était éclatant. Au-delà des maisons de briques rouges et des barres d'immeubles, le fleuve scintillait. Je sentais sous les doigts la surface lisse du radeau vernis. Je goûtais sur la langue l'eau âpre du fleuve. Maureen m'observait.

– Tu as le regard si lointain, Erin. A quoi penses-tu ? Où es-tu ?

– Nulle part.

Elle a claqué la langue.

– S'il te plaît, tâche de faire preuve de meilleure volonté.

– Comment ?

– Nous sommes là pour vous aider.

J'ai haussé les épaules. Je humais l'odeur de la mer portée par la brise glacée. Je fermais les yeux. C'était la Liberté. La Liberté.

– Il faut que tu comprennes. Les enfants comme vous…

– Qu'est-ce que tu veux dire par là ? ai-je interrompu. Les enfants comme nous ?

J'ai ouvert les yeux. Elle me regardait d'un air triste et soupirait.

– Tu sais ce que je veux dire, Erin. Les enfants qui ont connu des difficultés dans la vie. Les enfants qui ne partent pas dans la vie avec tous les atouts et toutes les chances que les autres estiment naturels. Les enfants qui devront toujours se battre pour survivre. Les enfants qui pour une faute qu'ils n'ont pas commise…

Elle a passé son mouchoir sur les lèvres avant de poursuivre :

– Je n'ai aucun plaisir à vous le rappeler, mais vous êtes des enfants que la vie ne comptera jamais parmi ses élus.

Je sentais mon corps bercé sur le radeau. J'observais les visages de mes amis quand soudain j'ai répondu :

– Regarde-nous, tout va bien pour nous, merci. On est libres de faire ce qu'on veut. Tout ce qu'on veut.

Maureen souriait. On pouvait lire dans ses pensées : enfant brisée, sauvageonne, pense qu'elle peut faire ce qu'elle veut mais n'y arrivera jamais. Jamais. Comme sa pauvre mère.

– Nous faisons tout pour votre bonheur…

Je sentais l'eau du fleuve me rafraîchir le visage.

– Je suis heureuse, merci, j'ai chuchoté.

– Pardon ?

– Elle dit qu'elle est heureuse, a repris Skinny Stu.

Maureen se pinçait les lèvres. Son regard brillait et je lisais dans ses yeux : Comment peux-tu être heureuse ? Comment peux-tu ?

Alors elle a fait un geste las de la main et dit :

– La séance est terminée. On reprendra demain quand on sera dans un meilleur état d'esprit.

Nous avons filé hors du foyer les uns derrière les autres. Au moment où je sortais, Maureen m'a prise par le bras.

– Erin.

– Quoi ?

– Pourquoi est-ce que tu me contredis sans cesse ? Qu'est-ce qui ne va pas ?

Je claquais ma langue.

– Qu'est-ce qui ne va pour toi, plutôt ?

Elle se pinçait les lèvres.

– Tu es tellement violente parfois. Je ne sais plus comment m'adresser à toi.

–Violente !

– Tu es tellement dure.

– Dure !

Elle me regardait, les larmes aux yeux.

– Oui, dure. Mais tu es si forte et si intelligente. Moi qui pensais que de tous les enfants ici, tu serais celle qui…

– Celle qui quoi ?

Elle a secoué la tête et baissé le regard.

– Celle qui pourrait m'aider, je croyais. Celle qui pourrait m'aider à aider les autres.

C'était sans espoir. Dès le jour de mon arrivée à Whitegates, quelque chose s'était installé entre nous, quelque chose qui nous emplissait toutes les deux de colère. Je me suis détournée.

– J'ai toujours pensé que…, a-t-elle ajouté.

– Quoi ?

– Que si j'avais eu une fille…

J'attendais.

– Quoi ?

– Que si j'avais eu une fille… elle te ressemblerait, Erin.

Je me suis retournée et je lui ai répondu en la fusillant du regard :

– C'est tout, hein, c'est tout ? Si tu avais eu une fille, tu aurais été une meilleure mère que la mienne ! Si tu avais eu une fille, elle n'aurait pas fini à Whitegates ! Si tu avais eu une fille, tu n'aurais pas été aussi lamentable que ma mère, tu ne serais pas partie et morte comme elle ! Dis-le ! Allez, dis-le ! Tu aurais été bien mieux qu'elle !

Je me suis précipitée hors de la pièce pour aller rejoindre January dans la salle de billard et lui murmurer à l'oreille :

– Cet après-midi.

Il a souri tel un diable.

– Cet après-midi.

4

Je suis montée préparer mes bagages. J'ai pris mon petit sac à dos sous mon lit. J'ai fourré quelques vêtements et des provisions que j'avais mises de côté pour notre expédition : des canettes de Coca, des paquets de chips et un paquet de biscuits. J'ai pris le couteau et la lampe de poche que j'avais achetés la dernière fois qu'on avait fugué. J'ai pris un peu de savon, du shampoing et une petite serviette. J'ai compté l'argent que j'avais : trois livres trente-sept. J'ai fouillé au fond d'un tiroir pour prendre ma boîte à trésors.

J'ai défait le ruban que j'avais noué autour pour soulever le couvercle. J'ai sorti la mèche de cheveux de Maman, sa boucle d'oreille en forme de perroquet, la photo fripée qui nous représentait toutes les deux dans le jardin de notre petite maison, la photo prise à l'hôpital où l'on me voyait grandissant dans son ventre, son rouge à lèvres, son vernis à ongles, sa dernière bouteille de parfum. J'ai déposé ces objets sur mon oreiller. Je me suis mis un peu de rouge à lèvres Sunset et une touche de vernis à ongles – Tulipe Noire – sur le petit doigt. Je me suis versée sur le bout de l'index une goutte de parfum Dark Velvet que j'ai tapotée contre mon cou. Je me suis allongée sur mon lit dans la pénombre. De la fenêtre ouverte flottait une brise légère.

J'ai fermé les yeux.

– Maman..., murmurais-je. Maman...

Rien.

Je respirais profondément pour aspirer son odeur au fond de moi.

– Maman…

Je songeais à la petite maison où nous avions vécu ensemble, si heureuses, à son rire, aux jeux auxquels nous jouions. Je me rappelais son regard, si farouche quand elle devait affronter le monde, mais si tendre quand elle se tournait vers moi. Elle avait eu tant de chagrin et de soucis dans la vie ! Pourtant elle disait que ce qui appartenait au passé n'avait plus d'importance, ni ce qui pourrait arriver dans le futur. Le temps que nous avions passé ensemble à Saint-Gabriel serait toujours son paradis.

– Maman…, murmurais-je. Maman… Maman…

Je me souvenais des histoires qu'elle me racontait. L'histoire de sa rencontre avec mon père : elle était à peine plus âgée que moi aujourd'hui. C'était une espèce de bon-à-rien, il travaillait sur un chalutier étranger qui remontait le fleuve pour fuir une tempête qui déferlait sur la mer. Il l'avait séduite en lui racontant des récits de marins et des histoires d'amour mensongères. Ils avaient passé la nuit ensemble dans le premier bed-and-breakfast venu, au-dessus des quais. Elle s'était réveillée le lendemain matin, seule. A la fenêtre elle avait vu le chalutier repartir en voguant gaiement vers la mer. Elle disait que dès l'instant où elle était allée à la fenêtre, elle avait compris qu'un nouvel être – moi – tremblait et brûlait de vie en elle.

– Maman…, murmurais-je. Maman… Maman…

J'ai pris une respiration profonde. J'ai ouvert les yeux. Je contemplais la photo qu'on avait prise à l'hôpital alors que je grandissais dans son ventre. C'était moi, cette toute petite chose qui nageait, flottait, agitait les bras et donnait des coups de pied. On voyait le cordon qui me reliait à elle. Sa chair était ma chair, son sang était mon sang.

Je me souvenais des histoires où elle me racontait comment elle s'était préparée pour ma naissance : elle avait acheté mon petit lit chez Oxfam, elle avait décoré le mur de la chambre que nous devions partager avec des images d'anges et de fées, elle était de plus en plus excitée à mesure que je grandissais et que l'avènement de son paradis se rapprochait. Elle soutenait son ventre avec délicatesse. Elle murmurait déjà mon nom : Erin, Erin. Elle me chantait des berceuses et me parlait tout bas : le jour de ma naissance serait le plus beau jour de sa vie – enfin nous serions ensemble dans le monde.

– Maman..., murmurais-je. Maman...

Je rêvais à ses yeux verts étincelants et ses cheveux roux qui encadraient son joli visage comme un jet de flammes. Je voyais ses boucles d'oreilles en forme de perroquet osciller. Je voyais ses lèvres vivement colorées et ses ongles noirs chatoyants. Je sentais ses caresses, sa voix. Je me rappelais l'époque où nous vivions ensemble à Saint-Gabriel, nous avions à la fois des relations amicales très fortes et des relations de mère et fille. Nous étions si heureuses... Nous n'avions besoin de personne. Parfois nous évoquions ce qui arriverait si elle rencontrait un homme bien. Et nous parlions des enfants qu'il pourrait avoir – mes frères et sœurs. « Tu aimerais ? » me demandait-elle. Et je répondais « Oui. Oh oui ! » Dans mes rêves, j'imaginais alors ces frères et sœurs, si doux, si gentils, si gais.

– Maman... maman...

Je me souvenais d'elle à l'hôpital. J'avais dix ans, dix

ans seulement. On lui donnait des doses de morphine de plus en plus fortes pour éliminer la douleur. Elle divaguait entre rêve et réalité. Je la revoyais se pencher vers moi hors de son lit et bercer mon visage entre ses mains. Elle murmurait que c'était plus fort qu'elle. Elle avait l'impression qu'elle était emportée par un courant. Elle m'a demandé de ne pas pleurer et promis qu'elle serait toujours avec moi. Toujours. Je tenais sa main qui refroidissait, toujours plus froide, encore plus froide.

– Maman ! Maman !

C'est alors qu'elle apparut, chuchotant « Erin. Erin. »

Je devinais sa main contre mon épaule, son souffle contre ma joue. Je reconnaissais son sourire dans sa voix. Je sentais son bras autour de moi. Elle me berçait comme lorsque j'étais petite. J'étais blottie contre elle.

– Je t'aime, murmurais-je.

– Oui, je sais, je t'aime moi aussi, Erin. Je t'aimerai toujours. Toujours.

– Je vais partir sur le radeau de January.

Elle a pouffé de rire.

– Je sais.

– Tu m'accompagneras ?

– Oui, je t'accompagnerai toujours et en tout lieu, Erin.

Nous sommes restées ensemble ainsi un long moment. J'avais quitté Whitegates, j'étais dans notre petit jardin qui resplendissait de fleurs de toutes les couleurs et de groseilles mûres. Des mouettes hurlaient au-dessus du fleuve qui coulait en contrebas. Maman me tenait la main et me fredonnait à l'oreille la ballade de *Bobby Shaftoe*.

Puis elle a effleuré mon front de ses lèvres et nous sommes revenues à Whitegates dans ma petite chambre, allongées sur le lit. Je savais que bientôt elle me quitterait. Je rêvais au radeau, au fleuve, à notre évasion sur l'eau. Reviendrais-je un jour ?

Quand l'oiseau est entré, nous avons souri. Il s'est perché sur le rebord de la fenêtre ouverte, il a hoché la tête en nous observant. Puis il s'est envolé dans la chambre. C'était un petit oiseau noir aux ailes agiles, un drôle de petit moineau qui cherchait à regagner son nid. Il a fait le tour de la pièce plusieurs fois, voletant au-dessus de nos têtes.

– Un oiseau ! me suis-je écrié. Regarde, un oiseau !

Nous nous sommes mises à rire.

Il a regagné la fenêtre, il s'est perché, a jeté un dernier coup d'œil derrière lui et s'est lancé dans les airs.

Je me suis relevée pour le suivre des yeux.

A nouveau nous avons éclaté de rire.

– Curieuse petite créature.

– C'est l'oiseau de la vie, a dit Maman.

– L'oiseau de la vie ?

– Nous naissons hors des ténèbres. Nous n'avons pas la moindre idée de notre origine et nous ne savons absolument pas où nous allons. Mais tant que nous sommes ici, dans le monde, et si nous sommes assez courageux, nous agitons nos ailes pour voler.

Je réfléchissais à ce qu'elle venait de me dire.

– Tu comprends ?

– Oui, je crois.

Elle souriait et murmurait mon nom.

– Est-ce que l'oiseau reviendra ?

– Qui peut savoir ? Maintenant qu'il a trouvé cet endroit il reviendra peut-être de temps en temps.

Nous avons entendu la rumeur des enfants dans la maison.

– Allez, Erin, vas-y, descends. January doit t'attendre.
– Tu m'accompagneras ?
– Oui, je t'accompagnerai. Vas-y. Ne reste pas ici avec moi, dans l'obscurité. Ouvre tes ailes et prends ton envol.

Elle avait disparu, on n'entendait plus que le bourdonnement d'une télévision à l'étage inférieur et des sanglots au-dessus. Délicatement j'ai rangé mes trésors dans la boîte. J'ai noué le ruban. J'ai déposé la boîte dans mon sac à dos, j'ai pris une profonde respiration et je suis descendue rejoindre January.

5

Quand je l'ai vu j'ai éclaté de rire. Il avait mis son costume de fugitif : une paire de jeans noir et un gilet noir, des baskets noires à bande rouge, et une calotte noire. Il jouait avec Hairy Smart dans la salle de billard. Son sac était appuyé contre la plinthe. Il m'a fait un clin d'œil et il a blousé une dernière boule avant de dire à Harry qu'il fallait qu'il arrête. Tout le monde avait deviné ce qui se passait. Hairy souriait d'un air entendu en clignant de l'œil. Fingers s'est glissée à côté de moi pour me demander tout bas :

– Tu reviendras ? Tu reviendras, non ?

Nous nous sommes serrées l'une contre l'autre un court instant.

– Bien sûr. Ils ne nous laisseront pas aller bien loin avant de nous rattraper et de nous ramener.

J'avais beau sourire, je me demandais : Comment pourraient-ils nous ramener du fond du fleuve ou du fond de la mer ?

Wilson Cairns était assis face au mur, derrière une petite table sur laquelle il faisait du modelage. C'était son obsession. Tous les jours il faisait du modelage. Maureen disait que ça l'aidait, ça lui permettait de réinventer une partie de l'enfance qu'il avait perdue. Il avait une grosse boule d'argile et une bassine d'eau. Le plateau de la table était noir de boue et ses mains pleines de terre. Il avait sculpté un petit groupe de personnages. Il tenait l'un d'entre eux à la hauteur de ses yeux et soufflait dessus.

Puis il le faisait marcher à travers la table. Je lui ai effleuré l'épaule en lui promettant qu'on se reverrait. Il a simplement répondu :

– C'est possible.

Sans esquisser le moindre geste envers moi, il a continué à promener sa figurine à travers la table.

– Pardon ? ai-je dit.

Il a tourné la tête tout en dirigeant son personnage. Il me scrutait du regard derrière ses épaisses lunettes, impassible.

– C'est possible.

Il a retiré la main de sa figurine, abandonnée au milieu de la table, et s'est mis à la fixer longuement.

– Tu l'as vue bouger ? a-t-il demandé à voix basse.

J'avais le regard rivé sur la figurine mais je ne voyais rien.

– Non.

A nouveau, il a plongé son regard dans le mien, comme s'il me perçait pour atteindre autre chose, qui m'était étranger, derrière moi.

– Il faut regarder longtemps et de très très près. Sinon, ça t'échappe.

– D'accord, je prendrai le temps de regarder.

J'étais sur le point de repartir quand il a ajouté :

– Je t'ai entendue tout à l'heure.

– Euh ?

– Oui, toi. Tu disais qu'on peut faire tout ce qu'on veut.

– Oui.

– Je sais, je sais moi aussi. On peut faire tout ce qu'on veut.

Son regard avait changé. Il était entièrement concentré sur moi. C'était si rare de le voir se concentrer sur l'un de nous, si rare de l'entendre parler à l'un de nous. Seuls ses doigts manipulaient sa figurine en argile.

– Tout ce qu'on veut. Même moi, assis ici face au mur en train de jouer avec de l'argile et de l'eau. Je peux faire tout ce que je veux.

– Oui, je sais.

– Même moi. Même moi, Wilson Cairns. L'affreux, le gros lard, Wilson Cairns.

– Mais non, tu es merveilleux, Wilson. je l'ai rassuré en souriant.

– Tu reviendras ?

– Oui.

– Je veillerai sur toi, Erin Law. Je penserai toujours à toi.

Il a repris son souffle et demandé :

– Tu as vu ?

– Quoi ?

Il a saisi sa figurine et s'est mis à la fixer en soufflant légèrement dessus.

Ai-je vraiment vu la figurine bouger ? Ai-je vu un bras d'argile se tendre en avant comme s'il était vivant ? Ai-je vu la figurine se pencher comme si elle voulait faire un pas pour se dégager de Wilson ? Ou était-ce simplement un effet de l'éclairage, un effet produit par la main de Wilson qui tremblait ? Était-ce simplement parce que je désirais la voir bouger ?

– Je ne sais plus, ai-je dit.

Derrière ses épaisses lunettes qui lui déformaient le visage, il m'observait d'un œil inquiet.

– Tu reviendras. Je veillerai à ce que tu reviennes. C'est facile de partir, mais ce qui est magique, c'est le retour.

Je lui ai caressé la tête et je me suis penchée vers lui en souriant.

– Je te dis à très bientôt, mon Wilson Cairns adoré.

– N'oublie pas d'ouvrir l'œil.

– Je n'oublierai pas, j'aurai toujours l'œil grand ouvert.

Je me suis éloignée pour aller rejoindre January. Fat Kev est apparu sur le pas de la porte et a lancé :

– Je parie que vous êtes encore en train de fomenter quelque chose, tous les deux.

– N'importe quoi, ai-je répondu.

– N'importe quoi, a renchéri January.

Fat Kev s'est essuyé le poignet sous le nez et il a secoué la tête en haussant les épaules. A vrai dire il se fichait pas mal de ce que nous faisions du moment qu'il n'était pas obligé de nous courir après et pourvu qu'il touche sa paye et ses repas gratuits. Je le regardais et je ricanais en pensant à son gros ventre coincé contre la table, gargouillant alors qu'il s'empiffrait. Il m'observait en retour avec ses yeux de porc.

– Ma petite demoiselle..., a-t-il dit.

A ce moment-là, je me suis rappelée la façon dont il se comportait avec les plus faibles, cette façon de rapprocher son visage tout près du leur pour les intimider, sous prétexte qu'il saurait comment les mater s'ils n'apprenaient pas à bien se tenir.

– Espèce de porc.

– Qu'est-ce que tu viens de dire ?

– Rien.

Il a détourné le visage, murmuré quelques horreurs à mon propos et s'est en allé.

– Espèce de porc, espèce de porc, espèce de porc.

J'ai embrassé Maxie Ross puis je suis sortie avec Jan. Skinny Stu était adossé contre le mur de la maison, il s'était caché pour fumer une cigarette. Sa chemise était grande ouverte sur ses côtes saillantes que le soleil de fin d'après-midi éclairait. Il a coiffé ses cheveux gras en arrière.

– Tiens ? salut, a-t-il lâché.

– Salut, a répondu January, on part faire un petit pique-nique.

– On sera de retour pour le dîner, Stu, ai-je ajouté.

Stu a fait tomber quelques cendres. Son regard s'est dirigé vers le ciel.

– Au fait, vous avez vu ?

– Quoi ? a demandé January.

– Cette espèce de porc volant, là-haut, a-t-il dit en gloussant de son rire de crécelle. Puis, tirant une bouffée sur sa cigarette : Bon, on se voit au dîner alors.

Au moment où nous avons franchi le portail métallique, je me suis retournée pour jeter un dernier coup d'œil. Je voulais voir Maureen nous suivre du regard. Je voulais la voir pleurer alors que nous partions. Mais il n'y avait que Wilson. Il nous regardait, le nez collé contre la vitre de la salle de billard. Derrière ses lunettes il nous observait, le regard rivé sur nous, ou sur autre chose, bien au-delà.

Le soleil déclinait lentement sur la ligne des toits. Nous avons traversé le domaine avant de rejoindre la route qui surplombe le fleuve, là où j'avais vécu avec Maman. Nous sommes passés devant notre maison. Le jardin était envahi par les mauvaises herbes et la porte d'entrée était couverte d'éraflures, sans doute des coups de patte d'un chien ou une autre bête. A l'intérieur, de la musique hurlait. J'ai détourné le regard et nous avons pressé le pas. De l'autre côté du fleuve, la ville grondait. Les ponts brillaient sous la lumière du soleil couchant. Le fleuve scintillait. Nous marchions à travers les terrains vagues qui entourent Saint-Gabriel, là où l'on avait démoli les entrepôts et les routes construites en surplomb.

Les poings serrés, January donnait des coups dans l'air. Je frappais du pied pour faire danser la poussière autour de nous.

– La liberté ! hurlions-nous. La liberté !

Soudain, dans un même élan, nous nous sommes mis à courir et à bondir vers le fleuve, quand tout à coup, on entendit Mouse Gullane :

– Erin ! January ! Qu'est-ce que vous faites ? Où vous allez ?

6

Il était assis sur une vieille pierre au bord du chemin, creusant la terre avec une cuiller toute cabossée.

January s'est mis à jurer.

– Non, pas lui ! Viens, Erin, fais comme si tu n'avais rien vu.

Immédiatement Mouse a sauté sur ses pieds et appelé :

– Erin ! January !

Il s'est précipité sur nous, les mains pleines de terre, le visage entièrement barbouillé. Glapi la souris se balançait sur son épaule.

– Regarde ce que j'ai trouvé, Erin.

C'était un petit dinosaure en plastique bleu.

– Et ça, a-t-il ajouté en sortant de sa poche une voiture miniature, sans roues, pleine de terre, la peinture complètement écaillée. Et de l'argent ! s'est-il exclamé avec un immense sourire en nous tendant une pièce de cinq pence.

– Super ! me suis-je écrié. C'est vraiment bien, Mouse.

Mouse passait son temps à essayer de dénicher des objets pour en faire la collection. Sa chambre était envahie par toutes les trouvailles qu'il nettoyait avant de les ranger soigneusement sur les étagères et au sol. Il disait que la terre est remplie d'objets qui viennent du passé et qu'un jour il découvrirait un véritable trésor, quelque chose de vraiment précieux, enfoui sous la terre sombre et froide.

– Allez, a lancé January, agacé.

– Emmenez-moi avec vous, suppliait Mouse. Je sais que vous êtes en train de fuguer.

– On ne peut pas, ai-je répondu.

– S'il te plaît, Erin.

– C'est trop dangereux. On doit s'enfuir par le fleuve. C'est mortel, on risque de se noyer.

– S'il te plaît, Erin.

– Casse-toi ! a lancé January en me tirant par le bras. Allez, viens, Erin.

Nous avons bifurqué et continué à descendre, mais Mouse nous suivait et nous serrait de très près. Nous enjambions d'immenses amas de gravats, ultime trace des entrepôts et des ateliers démolis. Nous enjambions des tas de cendres et de terre noire, restes des feux de joie que des enfants avaient dû faire. Le sol était éclaté, déchiqueté, truffé de nids-de-poules. Des corbeaux sautillaient parmi les décombres. Des rats se précipitaient à pas menus sur notre chemin. Le terrain était couvert de morceaux de fil barbelé et de panneaux interdisant de traverser au milieu desquels nous avancions tant bien que mal. « Par là, ne cessait de répéter January, par là, par là. » Nous marchions vite, d'un pas assuré, balançant les bras. Bientôt, nous avions semé Mouse très loin derrière nous. Nous ramassions des morceaux de brique et de béton que nous lancions en l'air avant de les entendre exploser par terre. Le soleil déclinait de plus en plus . Au loin, la lande noire se détachait contre le ciel. On entendait le fleuve couler à une centaine de mètres plus bas, jaillissant contre les quais sinistrés : c'est alors qu'il apparut sous la lumière du soleil couchant, miroitant comme du métal poli, en une série de longs rouleaux réguliers qui glissaient au loin vers la mer.

– C’est là, a dit enfin January.

Il s’est accroupi devant un tas de briques cassées et de bouts de planches qu’il a commencé à dégager.

– Viens, m’a-t-il lancé, et je suis allée l’aider à dégager le terrain.

– Le voilà…

J’ai aperçu alors un coin de porte, c’était le bord du radeau.

– Viens, mon beau radeau, disait-il.

Nous avons continué à déblayer et évacuer les décombres, puis soulevé et incliné le bord du radeau pour faire glisser le reste des débris, et une fois le radeau dégagé, nous l’avons laissé retomber à terre dans un bruit sec.

January riait, aux anges. Il continuait à débarrasser les derniers gravats à la main.

– Tu as vu comme il est beau, Erin ?

Le radeau était construit à base de planches sur lesquelles il avait cloué trois portes abattues ; on pouvait encore y lire, en lettres dorées, craquelées :

ENTRÉE DANGER SORTIE

Au milieu du radeau, January avait peint en rouge :

Que c’ui qui vole ce radau disparaisse tout d’suite en enfer !

– Tu as vu comme il est beau ?

– Oui, ai-je répondu en tournant le regard vers l’eau de plus en plus noire. Oui, superbe.

7

Un bout d'amarrage était fixé à l'un des coins du radeau. Il y avait aussi deux rames que January avait dû tailler dans des montants de fenêtres. Nous les avons transportées au bord de l'eau sur les épaules, puis nous avons tiré le radeau qui grinçait et craquait à travers le terrain vague. Soudain, quelque part au milieu des décombres, des gamins apparurent. Du haut des talus, ils nous observaient. Le soleil continuait de décliner. Mon cœur battait la chamade.

Nous sommes arrivés sur le quai et nous avons regardé l'eau sale du fleuve qui tournoyait.

– Les dents de l'Enfer, January.

– Tu as peur ?

– Tu veux dire que c'est l'horreur…

– Il suffit de le laisser tomber dans l'eau, ensuite on saute dedans. Et on se barre. Facile.

– Et s'il coule ?

– Tu sais nager ?

– Oui.

– Bon, alors.

– Les dents de l'Enfer, January.

Une flamme diabolique brillait dans ses yeux.

– Les dents de l'Enfer, Erin.

Il riait aux éclats, donnant des coups de pied d'excitation dans le radeau.

– Regarde-moi ça, solide comme un roc. Il ne coulera jamais.

Je ne savais plus si j'avais le courage d'y aller. J'ai regardé plus bas le long du fleuve et j'ai vu la brume monter à l'approche du soir.

– Pourquoi est-ce qu'on ne partirait pas à pied ?

– A pied ! Je croyais que tu avais le goût de l'aventure ?

Nous étions accroupis l'un à côté de l'autre. Les yeux plongés dans les miens, il m'a demandé :

– Qu'est-ce qu'on a à perdre ?

Ma vie, pensais-je.

– Que dalle, ai-je répondu.

– En plus on est ensemble, toi et moi. On part ensemble.

– Oui.

– Bon, alors.

– OK, j'ai murmuré en soupirant profondément.

Soudain Mouse a surgi à côté de nous, suppliant :

– Emmenez-moi.

– Rentre, a répondu sèchement January.

Mouse a relevé la manche pour nous montrer son tatouage.

Merci de prendre soin de moi.

– S'il vous plaît.

J'ai jeté un coup d'œil à January qui répétait :

– Les dents de l'Enfer.

– Tu sais nager ? ai-je demandé à Mouse.

Mais il secouait la tête et continuait d'implorer :

– S'il te plaît, Erin. S'il te plaît.

– Jan, qu'est-ce que tu en penses ?

– Les dents de l'Enfer, nom de Dieu, a-t-il juré en crachant avant d'attraper Mouse par le cou. Qu'est-ce que tu as encore apporté ?

– Apporté ?

– Des provisions, de l'argent, des vêtements, un canif ? a précisé January.

A ce moment-là, Mouse nous a montré son dinosaure, sa petite voiture et sa pièce de cinq pence, puis il a sorti de sa poche arrière la vieille photo des hommes en bleu de travail.

– Hi ! hurlait Glapi la Souris qu'il tenait dans la main. Hi, hi !

– Génial ! s'est moqué January. Ils seront sûrement très utiles, tous tes trucs, si jamais les choses tournent mal.

Puis il a poursuivi en lui donnant un coup de coude :

– Allez, rentre à la maison. Tu arriveras juste à temps pour écouter une des histoires de fantômes de Kev.

– A la maison ? Mais je n'ai pas de maison. Je suis comme toi. Je n'ai pas de chez moi. Je peux aller n'importe où. S'il te plaît, January.

– C'est trop dangereux, tu risques de te noyer.

– Je m'en fous, je m'en fous complètement. S'il te plaît… S'il te plaît… Il tendait sa pièce de cinq pence. Je te paye, si tu veux.

– Me payer !

– Allez, suppliait Mouse. Prends-la. S'il te plaît. C'est le prix. Prends-la et emmène-moi avec toi.

Le crépuscule tombait. Le soleil formait une grosse boule orangée glissant peu à peu derrière la lande. Le ciel au-dessus de la ville commençait à rougeoyer. La brume qui montait du fleuve était de plus en plus dense.

Nous sommes restés un long moment là, sur le quai, plongés dans nos pensées.

– Le radeau est assez grand, ai-je murmuré à l'oreille de January en lui effleurant le bras. Trois portes. Trois personnes. Je m'occuperai de lui.

– Les dents de l'Enfer, Erin.

Il a haussé les épaules. Il a pris la pièce de cinq pence avec un sourire forcé. Il s'est penché sur le radeau et s'est exclamé :

– Allez, faut y aller, tout le monde à bord.

Nous avons mis le radeau à l'eau en le faisant pivoter sur le bord. Il a tenu en équilibre quelques secondes avant de s'écraser avec fracas et de disparaître dans les tourbillons alors que Jan le retenait par le bout. « Reste au fond, pensais-je. Ne remonte pas. » Mais tout à coup il a réapparu et s'est stabilisé en ballottant à la surface du fleuve.

Jan a esquissé un sourire et m'a pressé le bras.

– Allez, vas-y, m'encourageait-il, avant de s'adresser à Mouse sur un ton légèrement moqueur : Vas-y. Vas-y, toi aussi. Tout le monde à bord.

8

Cette fuite en radeau aurait pu être l'événement le plus traumatisant de ma vie, mais ce n'était rien à côté de l'instant où Maman avait fermé les yeux pour la dernière fois, me laissant seule.

Pourtant lorsque j'ai enjambé le rebord et mis le pied sur les planches pourries du quai, j'ai eu le sentiment d'embarquer vers la mort. J'avais la tête qui tournait. Mon cœur battait à tout rompre. Mes pieds tremblaient. A côté de moi, Mouse essayait de m'encourager : « Allez, disait-il, vas-y, Erin. » January, lui, nous observait d'un peu plus haut. Il avait beau tirer sur le bout pour maintenir le radeau près du quai, il y avait toujours un mètre de vide entre nous et le bord du radeau.

– Saute ! hurlait January. Vas-y, saute !

Mouse avait plus de courage et s'est élancé. Il a atterri la tête la première au milieu, les pieds pendouillant dans l'eau. Il s'est retourné en riant :

– Allez, Erin !

– Maman…, murmurais-je. Maman… Maman…

Soudain j'ai fermé les yeux et j'ai sauté. J'ai dérapé sur le vernis et sur l'eau qui clapotait entre les portes. Immédiatement je suis allée me blottir contre Mouse. Jan nous a lancé les rames. Puis on a entendu un hurlement et il s'est précipité sur nous comme un bolide.

Le radeau s'est mis à tanguer, tournoyer, gîter des deux côtés, avant d'être entraîné vers le centre du fleuve par le courant. Nous nous sommes regardés avec stupeur, le souffle coupé, hurlant de panique et d'excitation, accrochés les uns aux autres. Quand nous sommes passés sous l'arche du pont le plus haut, nous avons été trempés en quelques secondes. Le ciel rougeoyait de mille feux au-dessus du fleuve écumant comme du métal en fusion. Le courant, de plus en plus rapide, nous emportait vers la brume qui s'épaississait. Quand soudain January a bondi, brandi les bras au ciel et hurlé :

– AAAAAHHH ! AAAAHHH ! LA LIBERTÉ !

Mais brusquement le radeau a viré et renversé January sur nous.

Ses yeux trahissaient une joie sauvage. Son visage rougeoyait comme le ciel.

– La liberté, Erin ! répétait-il. La liberté, Erin !

9

Le fleuve était déchaîné, agité par les remous et les tourbillons, mais couvert à la surface d'une risée née de la brise. Son cours était absolument imprévisible, il nous entraînait successivement vers le centre avant de nous rejeter sur les côtés. Nous essayions tant bien que mal de diriger le radeau avec les rames mais elles étaient si légères qu'elles ne servaient à rien. Soudain, nous avons été soulevés par une lame de fond, prêts à dévaler directement vers la lande et non plus vers la mer. Puis le courant a changé et nous a rabattus à nouveau au centre. Nous étions trempés, transis de froid. On aurait dit que le fleuve tout entier avait pénétré et inondé jusqu'à nos os. La soirée avançait, la nuit était de plus en plus noire. La ville était illuminée par les lumières scintillantes des pubs et des boîtes de Norton Quay où résonnait de la musique. On aperçut alors des gens qui sortaient ensemble, bien habillés, élégants. Un groupe de filles nous ont remarqués : en nous montrant du doigt, elles se sont mises à danser une gigue et chanter à tue-tête la ballade de *Bobby Shaftoe*. Les autres nous regardaient, plus graves, sans doute inquiets. Jan a répondu aux filles en entonnant à son tour les paroles de *Bobby Shaftoe* et s'écriant : « Sympa, non, une petite virée nocturne à la rame ! ». Les filles criaient d'une voix stridente. Le courant nous a rapprochés d'elles mais soudain il nous a violemment propulsés vers le centre. Nous faisions de grands gestes de la main pour essayer de rassurer les autres, ceux qui semblaient inquiets, pour essayer de nous rassurer nous-mêmes. « Les dents de l'Enfer », ne cessait de répéter Jan. « Les dents de l'Enfer », reprenais-je. « Les dents de l'Enfer », chuchotait Mouse, rivé à moi, ne desserrant pas d'un pouce. Il claquait des dents, la voix tremblante. « Tout va bien se passer ! répétait-il. Tout... tout va bien se passer ! » Alors il a éclaté en sanglots, pleurant toutes les larmes de son corps. « Erin ! » hurlait-il, terrorisé. « Erin ! » Mais tout à coup le radeau a plongé. Le courant dominant semblait reprendre le dessus, nous emportant irrésistiblement loin des lumières, loin des voix, vers la brume, au cœur de la nuit. La lune était apparue, telle une boule blanche brillant dans le ciel qui se fondait avec les ténèbres. Quelques étoiles, puis des milliers, se mirent à scintiller. Nous sommes passés devant les sombres alentours de la ville le long des quais abandonnés : c'était une succession d'entrepôts dévastés, de débarcadères démolis, et de gigantesques panneaux d'affichage qui vantaient les projets de réaménagement à venir : démolition, reconstruction et nouvelle exploitation. Puis d'immenses trouées d'obscurité où l'on ne distinguait plus rien. Le fleuve dégageait une odeur d'essence mêlée à celle de pourriture. On sentait des effluves de sel et d'algues. Nous avons traversé un affluent, l'Ouseburn, affrontant de nouveaux tourbillons là où les courants de la rivière et du fleuve se rejoignaient. La brume était encore assez légère, la lune et les étoiles brillaient. Mais peu à peu, la brume s'épaississait, s'approfondissait... et bientôt il n'y eut plus que nous, le radeau, les tourbillons d'eau et la brume. Nos voix résonnaient et nous revenaient en écho. Nous nous regardions, agrippés les uns aux autres, terrorisés à l'idée que l'un de nous puisse disparaître, à l'idée que nous puissions nous perdre, à l'idée que ce voyage ne soit qu'un voyage vers la mort. Nous murmurions quelques mots de prière, oubliant les rames, dérivant, tanguant et tournoyant. Petit à petit enfin, le mouvement a ralenti, le radeau a été brusquement secoué et balloté, et soudain tout s'est arrêté. De l'eau s'écoulait doucement, les portes grinçaient à peine. On n'entendait plus que le souffle léger de notre respiration. Et le silence alentour.

Deuxième partie

LES MARAIS NOIRS

1

De la boue. De la boue noire, gluante, puante. January fut le premier à oser se pencher hors du radeau. Il a trempé sa main dans ce qui aurait dû être de l'eau. C'était de la boue, de la boue noire, qui glissait et coulait entre ses doigts. Quand le radeau s'est stabilisé, elle a ruisselé sur toute la surface, pénétrant à travers les moindres interstices entre les portes. Puis elle s'est répandue aussi sur nous, à travers nos vêtements, jusqu'à la peau. J'ai sorti ma lampe de poche, je l'ai allumée et j'ai vu les portes couler et sombrer, j'ai vu les lettres dorées et le graffiti rouge peu à peu disparaître, j'ai vu le niveau de la boue s'élever. Nous étions peu à peu happés au fond de cette terre détrempée. « Les dents de l'Enfer, nous maugréions en pinçant les lèvres, les dents de l'Enfer« . Nous avons rampé pour nous accrocher les uns aux autres, les pieds, les mains et les genoux enlisés dans la boue.

– Les Marais Noirs, a dit January tout à coup.

– Quoi ?

– Les Marais Noirs. On est embourbés dans les fichus Marais Noirs.

J'ai braqué ma lampe sur ses yeux. Il a poursuivi :

– Faut qu'on s'en sorte. Sinon, on va se faire engloutir.

Nous nous sommes penchés en avant pour essayer de nous dégager. Le radeau s'est enfoncé encore un peu plus.

– Les dents de l'Enfer, je répétais.

J'ai dirigé ma lampe de poche dans la brume autour de nous. Derrière, il y avait de l'eau, devant, de la boue noire, et une purée de pois impénétrable.

– Il doit y avoir de la terre sèche plus loin, a dit January.

Nous avons essayé de tendre la main le plus en avant possible pour tâter le terrain. Toujours de la boue. De la boue détrempée, noire, létale. Nous nous regardions, terrorisés, hors d'haleine, en larmes.

– Il faut que quelqu'un y aille, Erin. Il faut que quelqu'un prenne le bout du radeau et arrive à atteindre la terre ferme.

Nous nous scrutions du regard.

– J'y vais, a dit Mouse.

Je n'ai pas bougé.

– Mais tu ne sais pas nager, ai-je dit.

– Tu es plus légère que moi, a dit January.

– Je sais.

J'ai pris la lampe de poche entre les dents. J'ai attrapé l'extrémité du bout. Je me suis glissée le long du bord du radeau, et, les bras tendus et les jambes écartées, j'ai commencé à ramper et à me couler en avant. Il fallait que je sois sans cesse en mouvement, sinon je risquais d'être à nouveau engloutie par les Marais Noirs. J'ai invoqué Maman à voix basse. En vain. Derrière moi, j'entendais Mouse et January qui m'encourageaient. Mais j'étais incapable d'articuler le moindre mot. Je grognais, je gémissais, je grondais. Je me faufilais en avant. Pas de terre sèche, pas la moindre terre sèche. J'avais la tête envahie par le brouillard et l'obscurité. Je pleurais.

Quand soudain, je me suis arrêtée… N'était-ce pas pour ça que j'avais accepté de partir en radeau ? J'étais partie à la recherche de Maman le long du fleuve. Elle m'attendait au cœur des Marais Noirs. Alors j'ai commencé à me laisser porter. Je sentais la boue peu à peu m'encercler. J'imaginais l'immense bonheur de se laisser aller, couler sur place, glisser jusqu'à elle, la bouche baignée par la boue, les yeux et les oreilles baignés par la boue, le corps tout entier embrassé, emmailloté par la boue.

Tout à coup je l'ai entendue : « Erin... Erin... » Et j'ai senti ses mains me retenir pour m'empêcher de sombrer. « Erin, chuchotait-elle, continue. Ne lâche pas. » Elle m'aidait à me dégager et me soutenait tandis que je me débattais. Tendue en avant, j'ai recommencé à ramper et glisser. Enfin, j'ai fini par atteindre un terrain plus sec et plus ferme. Je me suis hissée dessus pour m'agenouiller, en pleurs, incapable de prononcer le moindre mot. Mes amis m'appelaient, terrifiés. Soudain j'ai tiré sur le bout en criant : « Tout va bien, ça va » et je leur ai recommandé de suivre ma trace en se tenant au bout. Mais ils avaient beau s'accrocher pour se hisser, ils dérapaient dans la boue et le brouillard, eux aussi. Quand ils ont fini par se rapprocher, nous avons pu nous éclairer avec nos lampes de poche. Nous formions comme trois petites silhouettes noires, vacillantes et tremblantes, trois créatures façonnées par l'eau, la terre et l'obscurité depuis des millions et des millions d'années. Nous nous sommes blottis les uns contre les autres. Des années auraient pu passer ainsi, avant que nous ne nous détachions pour sortir de ce cauchemar. Quand soudain January a craché et juré :

– Et le radeau, va falloir le tirer, celui-là.

Il nous a lancé un regard de défi.

Lentement, très lentement, nous avons tiré le radeau jusqu'à nous en grommelant et en pestant. Peu à peu nous avons réussi à le hisser jusqu'à la terre sèche. A la fin, nous étions par terre, épuisés.

C'est alors que j'ai senti sa main sur mon épaule. J'ai entendu sa voix. Je me suis retournée et pour la première fois j'ai vu son visage, son regard pâle, implorant, plongé dans le mien.

– C'est toi, ma sœur ? demanda-t-elle. Ce sont eux, mes frères ?

2

Elle avait de fines membranes entre les doigts. Son visage était pâle comme la lune. Ses yeux étaient ronds comme la lune, bleus comme l'eau. Elle avait la voix haute, légère, pressante.

– C'est toi ? C'est toi ? demandait-elle.

Mouse poussait des cris de détresse. January avait le poing serré sur son canif. Nous avons fait quelques pas en arrière, reculant dans l'obscurité détrempée. Elle nous a tendu la main.

– Ne retournez pas dans les Marais Noirs, ma sœur et mes frères, perdus depuis si longtemps.

Nous avons senti la boue à nouveau nous aspirer.

Elle pleurait.

– Ne repartez pas !

– Mon dieu ! pleurait Mouse. Mon dieu ! Mon dieu !

Je me suis rehaussée sur la terre sèche, et Mouse et January m'ont suivie.

Nous rampions côte à côte, les lampes braquées sur elle.

– Il faut venir avec moi, disait-elle.

A nouveau elle a posé ses doigts palmés sur mon bras et demandé en soupirant :

– Comment tu t'appelles ?

– Erin.

– Oh ! Quel joli prénom pour une sœur.

Elle rayonnait de joie.

– J'ai attendu si longtemps, Erin. A présent il faut venir

avec moi chez Granpa. Je lui ai dit que je t'avais vue. Tu dois venir et te présenter à lui.

Nous ne bougions pas.

La brume épaisse s'infiltrait entre les faisceaux de nos lampes de poche.

– Il attend.

– Qui ? ai-je demandé.

– Granpa. Mon granpa. Regarde.

Elle s'est retournée et la brume s'est dissipée. Derrière elle se tenait une silhouette d'homme aux aguets. Il était grand, noir comme la nuit et la boue. Il était vêtu d'une paire de bermudas et chaussé de lourdes bottes. Il portait un seau dans une main, une immense pelle dans l'autre.

– Les voilà, Granpa ! Je te l'avais dit, non ? Voilà les trésors que j'ai trouvés dans les noirs Marais Noirs.

Il nous observait, le regard brillant.

– Repousse-les dans l'eau du fleuve, ma petite, a-t-il répondu en toussant et en crachant.

– S'il te plaît, Granpa !

Il a fait un pas vers nous en brandissant sa pelle.

– Laisse-moi, je vais les ensevelir dans la boue.

– S'il te plaît, Granpa !

Il se tenait immobile, son regard plongé dans le sien.

– Ils n'ont rien à voir avec toi.

– Granpa, ce sont peut-être mes trésors que j'ai enfin trouvés.

Brusquement, il a enlevé de la boue sur son visage et l'a rejetée dans les Marais. Puis il a disparu dans le brouillard en disant :

– Amène-les moi… On verra ce qu'on verra.

Nous l'avons entendu faire demi-tour et s'éloigner en pataugeant et patinant d'un pas lourd.

– Je te les amènerai, Granpa. Rentre à la maison te nettoyer et je te les amènerai.

Elle nous a tendu la main en nous priant :

– Venez.

Nous étions cloués sur place.

– Vous trouverez de la chaleur, du confort et de la nourriture.

– Je parie qu'il va nous tuer, a dit January.

– Mais non, il vous aimera et vous protégera comme il aime et protège Ange.

– C'est toi, Ange ? ai-je demandé.

– Oui, c'est moi, Ange, ma sœur.

Rayonnante, elle insistait :

– Il faut venir. Les Marais sont dangereux. Il faut venir avant que l'eau ne remonte et nous emporte.

J'ai regardé January, puis Mouse. Nous ne pouvions rien faire.

– Venez, venez, chantait-elle.

Elle nous a aidés à retrouver la terre ferme. Nous avons tiré et attaché le radeau à une vieille bitte d'amarrage.

Puis nous l'avons suivie le long d'une échelle qui donnait sur un vieux débarcadère, et en grimpant, j'ai vu qu'elle avait aussi les doigts de pied palmés. Arrivée en haut, elle nous a aidés à monter sur le quai.

Elle a avancé la main vers nos visages.Immédiatement, nous avons reculé.

– N'ayez pas peur, mes frères et sœurs. Il n'y a rien à craindre.

A nouveau elle a avancé la main vers January et Mouse en leur demandant :

– Et toi, qui es-tu ? Et toi, qui es-tu ?

– Je te présente January Carr, ai-je répondu, Mouse Gullane, et moi, Erin Law.

– Quels amours ! Venez, venez, suivez Ange.

3

A peine avions-nous posé le pied sur le quai, nous sommes sortis du brouillard. Devant nous se trouvait un dédale d'entrepôts en ruine, de murs écroulés et de ruelles sombres. Des poutres et des toits déchiquetés se détachaient contre le ciel. Des trous béants et des nids-de-poule fissuraient le sol. Nous ruisselions de boue et d'eau.

Soudain Ange nous a fait signe et elle a bifurqué dans une allée avant de s'engouffrer dans une profonde obscurité.

– Suivez, suivez, répétait-elle en nous guidant à travers un labyrinthe d'allées et de ruelles.

Ses cheveux pâles flottaient et ondoyaient devant nous. Souvent, elle se retournait et l'on voyait ses yeux briller en attendant que nous la rattrapions. Sa voix fredonnait un seul et même refrain : « Suivez, suivez, suivez. »

Nous nous cognions contre les murs et trébuchions dans les nids-de-poule, les genoux éraflés contre les pierres. Nous tournions, bifurquions, glissions la tête sous des entrées trop basses. Nous étions en train de traverser un chantier de bâtiments en ruine. La lune éclairait des panneaux rouges qui signalaient le danger et représentaient des gardiens accompagnés de chiens de garde prêts à mordre. Partout on lisait : **Danger, Danger, Danger !** Mais nous suivions Ange, ses longues jambes, ses cheveux pâles, ses yeux brillants, sa voix mélodieuse. Suivez, suivez, suivez, suivez…

Finalement, nous sommes rentrés dans un gigantesque bâtiment. A l'intérieur, le clair de lune projetait une lumière diffuse qui pénétrait à travers les lucarnes brisées. Il y avait d'énormes machines noires surmontées de statues d'aigles et d'anges. Le sol était couvert de gravats, de morceaux de verre, de papier, et d'immenses piles de livres, de journaux et de magazines.

Elle s'est arrêtée sous deux larges ailes noires en expliquant :

– C'est ici qu'on faisait des livres. Vous comprenez ?

Elle s'est penchée pour ramasser une poignée de lettres en plomb au milieu des débris gisant à ses pieds.

– Vous voyez ?

Elle a ouvert la main et les lettres sont retombées par terre avec fracas.

– Mais c'était il y a très très longtemps.

Elle souriait, ses yeux brillaient.

– Granpa, c'est le gardien. Il est là, regardez.

Elle a tourné la tête vers une fenêtre encadrée par un panneau. De fins faisceaux de lumière rayonnaient à travers les lattes. Sur la porte, à côté de la fenêtre, on lisait, peint en blanc :

G RD EN

– Il vous attend. Il doit être prêt, maintenant.

January et moi, nous nous sommes regardés. January a resserré la main sur son canif.

– Allez, venez. Venez tous les trois.

Elle a tourné la poignée et elle est entrée dans la pièce.

– Les voilà, Granpa, a-t-elle annoncé de sa voix mélodieuse. Mais ils sont tout mouillés et frigorifiés, et absolument terrorisés.

Granpa était assis devant une table au milieu du

bureau, en train d'écrire dans un épais registre. Des bougies brûlaient sur la table et sur les étagères qui tapissaient les murs. Un léger feu flamboyait dans un petit foyer.

Il a levé la tête dans notre direction et s'est mis à nous observer, ses yeux humides brillant à la lueur des bougies. Il avait une crinière de cheveux noirs en bataille, une barbe noire et le visage couvert de rides pleines de dépôts noirâtres. Il portait une veste à épaulettes noire. Sur la poche de sa poitrine était inscrit un mot : SÉCURITÉ. Un casque noir était posé sur la table à ses côtés.

– Voilà Granpa, a dit Ange. Granpa, voilà Erin Law, January Carr et Mouse Gullane. De merveilleux noms pour une merveilleuse sœur et de merveilleux frères.

Il s'est tourné vers Ange sans dire un mot.

– Entrez, dit-elle en posant ses doigts palmés sur mon bras. Entrez et fermez la porte pour éloigner la nuit.

Elle s'est penchée pour fermer la porte derrière nous.

– Ici c'est confortable, il y a de quoi se nourrir et de quoi boire. Buvez, dit-elle en prenant une cruche en pierre remplie d'eau. Éliminez de vos bouches la boue des Marais. Et mangez. Il y a des raisins secs, du corned-beef et plein de chocolats.

Elle m'a attirée près du feu et s'est agenouillée en m'indiquant un seau dans lequel elle a plongé les mains pour les nettoyer. La lumière scintillait à travers les fines membranes entre ses doigts.

– Tu es plus sale que sale, Erin Law, s'est-elle exclamée en pouffant de rire.

Elle m'a caressé la main de ses doigts mouillés.

– Fais comme moi, lave-toi, dit-elle. Élimine les Marais, Erin Law.

Quand je me suis agenouillée à côté d'elle, mes épaules ont frôlé les siennes, et elle s'est mordillé la lèvre en murmurant :

– Oh ! Erin. Oh ! Erin, ma sœur.

Derrière nous, January et Mouse étaient pétrifiés, les yeux rivés sur Granpa. Granpa les observait en retour quand soudain il s'est remis à griffonner dans son épais registre.

– Des enfants, trois, grommelait-il en écrivant. Trouvés dans les Marais. Garçons, deux. Fille, une. Glacés, sales, crasseux, farouches. Ce sont peut-être des fantômes. Ou des diables surgis de l'enfer, ou alors des anges descendus des cieux. Sans doute quelque chose entre les deux, venus ici pour nous faire des entourloupes. Renvoie-les, Granpa. Va les ensevelir dans les Marais. Allez…

Il a fiché la pointe de son crayon dans son livre avant de faire une pause, le crayon planté dans la page. Soudain il a avancé le visage pour nous examiner de plus près en réfléchissant tout haut :

– Vous n'êtes pas ses frères. Tu n'es pas sa sœur.

J'ai secoué la tête. Mon regard a croisé le sien quand j'ai répondu :

– On n'a jamais prétendu qu'on l'était.

Son expression était de plus en plus dure, puis elle s'est radoucie quand il a dit à Ange avec un sourire :

– Tu te trompes, ma petite.

– Je me trompe ?

– Ce ne sont pas tes frères. Ce n'est pas ta sœur.

– Non ?

– Non, mon amour. C'est une erreur. C'est pourquoi il faut peut-être les ramener dans les Marais Noirs, là où tu les a trouvés.

– On est arrivés par le fleuve en radeau, ai-je expliqué. On ne vient pas des Marais Noirs.

– Mais toi, tu n'es pas ma sœur ? a demandé Ange en m'implorant du regard.

Je l'observais. Me ressemblait-elle ? Y avait-il quelque chose en elle qui me ressemble ? Pouvait-elle être ma sœur ? Pouvions-nous avoir le même père ?

Je savais que si j'avais tenu un « Livre de ma vie », je me serais inventé des frères et sœurs que j'aurais trouvés dans mes rêves. Mais tout ça était une vaste erreur, comme disait Granpa. J'ai secoué la tête pour chasser ces pensées hors de mon esprit et je lui ai répondu :

– Non, je ne suis pas ta sœur. Ce ne sont pas tes frères. Chacun de nous est seul.

Elle a fermé les yeux et murmuré :

– Alors, c'était une erreur. C'était mon vœu le plus cher...

Elle avait le regard fixé sur nous.

– Vous êtes des fantômes ?

– Non, on n'est pas non plus des fantômes, ai-je répondu.

– Bien. Parce qu'il y a beaucoup de fantômes parfois.

A nouveau elle a souri.

– Tu n'es sans doute pas ma sœur, Erin Law, mais tu pourrais être ma meilleure meilleure amie. D'accord ? m'a-t-elle demandé tout bas, l'air inquiet.

J'ai effleuré sa joue douce et fraîche. Je l'ai regardée dans le blanc des yeux. « Oui, pensais-je. Oui, une amie qui serait presque une sœur. »

– Oui, d'accord.

– Mon Granpa, a appelé Ange.

– Oui, ma petite.

Elle avait les larmes aux yeux.

– Ne les renvoie pas dans l'eau. Ne les renvoie pas dans les Marais. Laisse-les vivre avec toi et moi.

– Cela ferait ton bonheur ? a demandé Granpa.

– Oui, oui. Je n'ai jamais eu d'amie comme Erin Law.

Granpa soupirait et grommelait, quand soudain il nous a jeté un regard sombre en hochant la tête et chuchotant :

– D'accord.

Ange s'est blottie contre moi et s'est tournée vers January et Mouse, rayonnante :

– Vous voyez, c'est un bon Granpa. Il s'occupera de vous comme il s'est occupé d'Ange.

Granpa a plongé le regard dans son livre en marmonnant :

– Les noms. Ils ont des noms, si vite oubliés.

Il se frottait la barbe, faisant tomber sur le registre une poussière noirâtre.

– Allez, Granpa, disait-il. Les noms, trois.

– Erin Law, January Carr et Mouse Gullane, a dit Ange avant de nous expliquer : Il est âgé, il oublie beaucoup. Il note tout par écrit.

– Erin, Janry et Mouse, répétait-il tout bas.

– C'est bien, a dit Ange. Il vous note dans son livre, à côté de l'histoire d'Ange, de Granpa et des noirs Marais Noirs.

– Quelle est cette histoire ? ai-je demandé.

– Oh, une histoire sombre, d'eau et de boue.

– Tu me la raconteras ?

– Peut-être, Erin, mais même Ange ne la connaît pas tout entière. Elle m'a pris le visage entre les mains et m'a confié : Erin Law, Ange n'a jamais eu de meilleure meilleure amie.

Elle balançait la tête et les épaules en fredonnant une mélodie. Je soupirais, je souriais et je regardais January qui jurait dans sa barbe, la lèvre pincée, le regard glacial.

– Qu'est-ce qu'il y a ? ai-je demandé en serrant les dents.

Il a détourné le visage.

Ange a effleuré son épaule et dit :

– Viens, viens, élimine les noirs Marais Noirs.

Il s'est dégagé brusquement pour aller s'agenouiller près du seau avec Mouse, et tous les deux se sont lavés les mains et la figure.

Ange est allée embrasser Granpa sur la joue en le rassurant :

– Ce sont de bons enfants. C'était peut-être faux de dire que ce sont ma sœur et mes frères, mais ce ne sont sûrement pas des fantômes. Désormais Ange s'occupera d'eux et les protégera.

Elle a ramassé une boîte par terre.

– Voilà des raisins secs et du corned beef. Et il y a plein de délicieux chocolats.

Elle a soulevé le couvercle d'une boîte de chocolats qu'elle nous a présentée et nous nous sommes largement servis. Puis elle nous a proposé une boîte de corned-beef.

– Prenez-en plus, prenez-en plus. N'ayez pas peur. Prenez ce qui vous fait le plus envie.

4

– Il y a sûrement de la place pour la nuit, a dit Ange. Il y a sûrement de la place pour dormir et rêver.

Elle a installé une rangée de couvertures contre le mur.

– C'est pour vous, pour que vous vous endormiez très vite, en sécurité et au chaud dans le bureau de Granpa.

Mouse s'était accroupi à côté d'elle pendant qu'elle s'affairait. Il ramassait des lettres de plomb par terre et écrivait les prénoms à côté des couvertures de chacun.

ERIN

JANRY

MAOUS & GLAPPI

– C'est quoi ces lettres ? a demandé Ange.

– Nos prénoms, a répondu Mouse avant de les épeler un par un. Tu comprends ? Les mots sont formés par des lettres et nous, on est formés par des mots.

Elle réfléchissait.

– Est-ce qu'il y a des lettres qui forment Ange ?

Mouse a souri et écrit son nom à côté de ses couvertures :

Enge

Elle a délicatement frôlé les lettres et demandé d'un ton ravi :

– C'est moi ?

– C'est toi, a répondu Mouse.

– Merveilleux… Merveilleux…

Elle s'est lovée sous les couvertures en étirant la main pour palper son nom.

Soudain January a fait valser ses lettres d'un coup de pied.

– On dirait le nom d'un mort sur une tombe maudite, a-t-il lancé.

J'ai claqué la langue.

Ange était allongée à côté de moi sous ses couvertures.

– Ma meilleure meilleure amie, se rassurait-elle.

Elle a appuyé la tête sur mon bras et s'est endormie.

Immédiatement, Mouse est allé se coucher, tranquille, comme si de rien n'était.

January et moi, nous étions allongés au-dessus de nos couvertures, la tête dans la main, face à face. Le regard de January était glacial, ses yeux rougis et cernés par la fatigue. Je savais qu'il était prêt à m'attaquer, prêt à se battre s'il le fallait.

J'avais encore le parfum du chocolat et le suc des raisins secs dans la bouche, je sentais le poids de la viande froide sur l'estomac. La voix d'Ange résonnait au fond de mon esprit et je devinais la caresse de ses doigts palmés sur ma joue. La chaleur du faible feu se diffusait délicatement jusqu'à nous. Je sentais la boue des Marais sécher sur mon corps, formant comme une ceinture autour de moi.

– Il fait bon, ai-je murmuré. On est fatigués, Jan. Il faut qu'on reste, au moins ce soir.

Il a jeté un œil du côté de Granpa, qui ne semblait pas nous prêter la moindre attention, toujours assis derrière son bureau. Il n'arrêtait pas de prendre des notes tout en grommelant et marmonnant à voix basse. Une poussière noirâtre tombait de ses cheveux et de sa barbe sur son registre.

– Ils sont dingues, a dit January. Ils sont complètement barjots.

– Ils ne nous feront pas de mal.

– On se croirait dans un cauchemar. Regarde-le. Impossible de savoir ce qu'il est en train de manigancer…

– Mais elle, elle est adorable.

– Adorable !

– Oui, adorable. Elle a notre âge, mais on dirait une petite fille. Tellement bizarre, Jan…

Il a secoué la tête en grinçant les dents.

– Une folle, tu veux dire. Une mutante. On dirait qu'elle sort d'un zoo.

– Arrête !

– Tu t'es laissée envoûtée, Erin. Tout son baratin sur les frères et sœurs et ses meilleurs meilleurs amis !

– Envoûtée ! Ha !

A ce moment-là, Granpa a jeté un œil sur nous en marmonnant :

– Pas frère. Pas sœur.

– Non, je sais, ai-je répondu à Granpa en secouant la tête dans sa direction.

– Je sais, Granpa, a repris January d'une voix moqueuse, puis il a baissé la tête et m'a tourné le dos.

Bientôt sa respiration a ralenti et s'est apaisée. Granpa a replongé dans son livre.

5

Derrière Granpa, les étagères étaient pleines à craquer. J'arrivais à distinguer des morceaux de poterie, des piles de pièces de monnaie, des couteaux et divers outils rouillés. Il y avait aussi des rangées de bouteilles et de boîtes en métal, une hélice de bateau et une ancre de format réduit, un petit tas d'os blanchis. Sur les étagères les plus hautes, contre le plafond, étaient rangées des boîtes soigneusement fermées et nouées avec des ceintures et de la corde. A côté de la porte, trois épées étaient appuyées contre le mur et plusieurs seaux empilés.

Granpa grommelait et écrivait. Ange dormait contre mon bras et de temps en temps entonnait une mélopée qui semblait surgir de nulle part. Je me frottais les yeux pour lutter contre le sommeil et les rêves.

Les mains de Granpa étaient comme les nôtres, granuleuses et noires de boue. Le regard fixe au milieu de l'obscurité, il méditait à voix basse en pianotant sur son bureau :

– Mardi. A moins que j'aie encore perdu l'esprit, et je me trompe complètement… nous sommes peut-être un autre jour. Mais admettons que nous sommes mardi. Découvertes, plusieurs. Trois assiettes, cassées. Une tasse, cassée. Une poêle, sans poignée. Deux pièces qui font deux nouveaux pence et un ancien penny. Un sac de pain, trempé. Un nombre incalculable de bouteilles de boisson gazeuse, plastique. Une botte, une chaussette. Une aile, mouette à trois doigts. Un chien, noir, mort. Un os de cuisse, large, de source non identifiée. Bijoux, nul. Biens mobiliers, nul. Trésor, nul. Mystère, un.

Il mâchouillait le bout de son crayon et nous observait, allongés par terre en rangs d'oignons. Les yeux plissés, j'observais la bosse sur son nez, sa longue crinière de cheveux, le contour de sa barbe négligée, le mot SÉCURITÉ sur sa poitrine. Tout à coup il a replongé son visage dans son livre.

– Mystère, un. Créatures, trois, rampant dans les Marais au cœur de la nuit. Une petite embarcation, en bois. Trois créatures transportées jusqu'ici par voie d'eau au clair de lune. Trois créatures issues du fond des Marais. Trois créatures, sauvées par mon Ange.

Il a pris un morceau de tarte et continué en mâchant :

– Il y a de nouveaux visiteurs, Granpa. Anges ou diables, ou entre les deux… Qui peut savoir ?

Il nous a toisés du regard un instant. Il a essuyé sa manche contre la bouche. Il s'est remis à gribouiller.

– Demain nous apportera sûrement de la lumière.

Il s'est enfoncé dans sa chaise qui grinçait.

– Mardi, passé, a-t-il soupiré. Mercredi, à venir.

Il a entonné une chanson qui parlait de la mer et d'un personnage qui s'était aventuré si loin qu'il ne pouvait plus retrouver sa route. Il était assis là, la tête affaissée sous le halo lumineux de la bougie. A nouveau il nous a dévisagés d'un air méfiant en grommelant :

– Et s'ils étaient venus pour nous faire des entourloupes… Faudrait peut-être que je les chasse d'ici.

Il souriait et soupirait d'un air las.

– On est vendredi, ai-je murmuré.

Il avait le regard fixe.

– On n'est plus mardi, c'est passé. On est vendredi…

Il s'est frotté la tête.

– Excusez-moi, ai-je dit.

Il feuilletait les pages de son livre en sens inverse.

– Vendredi, murmurait-il. Vendredi, passé, samedi, à venir. Tu mélanges tout, Granpa.

– Bon… Bon…, réfléchissait-il.

– Qui êtes-vous ? ai-je demandé.

– Qui ?

– D'où venez-vous ? Que faites-vous ici ?

Une grimace a tordu son visage. Il a fait un léger mouvement de tête et s'est mis à m'examiner du coin de l'œil, comme s'il ne me voyait pas bien, comme si j'étais une vision née de son imagination.

– Je me souviens de certaines choses, murmurait-il. Je me souviens que j'étais seul. Je me souviens que j'ai déterré Ange au fond des Marais Noirs une nuit sous les étoiles. Il y a longtemps, très longtemps. Aussi longtemps qu'elle est en vie. Je me souviens que je suis gardien et que j'ai toujours été gardien. C'est à peu près tout ce dont je me souviens…

Il s'est frotté les yeux, il m'a dévisagée puis il s'est remis à écrire.

– Vous l'avez déterrée ? Que voulez-vous dire, vous l'avez déterrée ?

– Granpa est gardien. Granpa a déterré Ange au fond des Marais une nuit sous les étoiles. C'était il y a très longtemps, avant, mais une grande partie de la mémoire s'efface. Elle s'appelle Ange parce que c'est un ange qui sait voir la joie qui se cache derrière la misère et la douleur du monde. Les jours se suivent, les nuits se suivent, et les marées se succèdent…

Il jouait avec la pointe du casque posé sur son bureau.

Ses yeux se sont soudain illuminés et il a pointé son doigt vers moi d'un air menaçant :

– Vous n'avez pas intérêt à nous faire des entourloupes ! Tu m'entends ? Pas intérêt à nous faire des entourloupes !

– Non, ai-je dit.

Il a roulé des yeux et s'est calmé.

– Peu importe. Demain nous apportera de la lumière.

Délicatement, j'ai retiré la tête d'Ange de mon bras et je me suis levée pour aller examiner la pièce. Granpa, lui, me surveillait du regard. J'ai tâté les os et les outils rouillés. Examiné les boîtes pleines de petits cailloux brillants. Palpé les lettres en plomb sous mes pieds.

Une photo encadrée était accrochée au mur : c'était un jeune homme qui portait le même uniforme que celui de Granpa, sous un soleil resplendissant au bord du fleuve. Je me suis approchée. Était-ce le même homme, des années et des années auparavant ? Je me suis retournée et j'ai croisé son regard.

– C'est vous ?

Aucune réponse. Il me fusillait du regard.

– Vous étiez déjà gardien il y a tant d'années ?

Aucune réponse. Il a détourné les yeux et replongé dans son livre.

Il y avait une photo qui représentait des bateaux alignés le long du quai sous d'immenses grues, et une foule d'hommes en casquette et bleu de travail qui s'activaient sur les débarcadères. Une autre photo représentait le pont le plus important en cours de construction, les bras de l'arche tendus l'un vers l'autre au-dessus du fleuve. Sur une autre photo encore, on reconnaissait l'imprimerie éclairée par les rayons du soleil à travers les lucarnes et d'immenses rames de papier imprimé qui se déversaient sous les ailes des aigles et des anges.

January, Mouse et Ange dormaient. Granpa grommelait, chantonnait et écrivait. Je suis allée derrière lui pour jeter un coup d'œil sur son livre. En haut était écrit : RAPPORT DE SÉCURITÉ, puis DATE, NOM, et POSITION. Il avait d'abord noté *Mardi*, puis biffé le mot qu'il avait remplacé par *Vendredi*, et ajouté *Granpa* et *Gardien*. Les deux pages étaient couvertes de son écriture de patte de mouche et de dessins représentant Ange avec ses doigts palmés et nous trois – trois silhouettes noires perdues au milieu des Marais Noirs sous le clair de lune. J'ai reconnu nos noms soigneusement enregistrés : Erin, Janry et Maous.

– On est arrivés par le fleuve, ai-je murmuré.

– Ils ont traverresé le fleve, a-t-il repris à voix basse et écrit.

– On vient de Whitegates, à Saint Gabriel.

– Ils vienne de Gabriaile.

– On est des enfants brisés, mais heureux.

– Ils sont eureux.

– A une époque je vivais avec Maman. On avait une petite maison au-dessus du fleuve. C'était notre paradis.

Je souriais car je voyais renaître sous sa main mon histoire qui peu à peu se mêlait à l'histoire d'Ange et à tous les mystères cachés dans ce grand livre.

– Écrivez tout, soufflais-je. Tout est vrai. C'était une femme petite, avec des cheveux roux qui encadraient son visage comme un jet de flammes et des yeux verts étincelants… J'avais un lit d'enfant qui venait de chez Oxfam et des images qui décoraient les murs. On a vécu dans ce paradis dix brèves années…

Il continuait à griffonner, et son écriture pleine de ratures recouvrait peu à peu la page tandis qu'une poussière noirâtre se détachait et tombait de ses doigts et de ses cheveux.

– Maman…, chuchotais-je. Maman, regarde.

Je sentais sa main sur mon épaule, son souffle contre mon visage. Elle murmurait mon nom et reprenait de sa douce voix les paroles de notre sombre histoire à mesure que je les prononçais.

– Tout est vrai.

– Touté vré, écrivit-il.

Soudain sa main s'est figée et il a braqué ses yeux dans les miens.

– Qu'est-ce que vous êtes venus chercher dans les Marais ?

– Rien… Rien.

– Pourquoi êtes-vous venus ?

– On a été rejetés par le fleuve.

– Il existe des secrets, a-t-il chuchoté.

Il avait une voix dure et menaçante. Il a sorti une clé de sa poche. Il a ouvert le tiroir de son bureau et pris un couteau de cuisine. La lame devant le visage, il me dévisageait.

– Si tu la touches tu es morte, m'a-t-il lancé d'un ton sec.

– Comment ?

– Tu es morte.

J'ai entendu Ange m'appeler de sa couchette. Elle dormait toujours. Je suis allée m'allonger à côté d'elle. Granpa nous surveillait, mais son regard s'était radouci.

– Erin, murmurait-elle à travers son sommeil. Erin, ma meilleure meilleure amie.

Granpa s'est replongé dans ses notes. Ange ânonnait mon nom tout bas. J'ai jeté un coup d'œil sur January. Il s'était endormi. Il n'avait rien entendu, rien vu. Je n'arrivais plus à garder les yeux ouverts. J'ai serré la main d'Ange dans la mienne pour me rassurer, et j'ai sombré dans un profond sommeil.

6

Sa peau et ses cheveux étincelaient. Le soleil rayonnait à travers les lucarnes, à travers les ailes déployées, au-dessus des énormes presses de l'imprimerie. Les lettres en plomb réfléchissaient la lumière çà et là. Des pigeons et des moineaux volaient au-dessus de nous. On entendait les coups de griffe de petites bêtes tapies dans l'ombre.

– Suivez, répétait-elle. Suivez, Erin, Janry et Mouse.

Elle nous a entraînés dans un labyrinthe de petites ruelles circulant entre les bâtiments en ruine. Nous sommes arrivés au-dessus de l'Ouseburn, au sommet d'une série de hautes marches qui descendaient sur cet affluent étroit.

Elle a tendu la main pour retirer de la boue séchée sur mon cou avec ses doigts palmés.

– On va descendre se laver et éliminer les Marais.

Elle souriait.

– On va se refaire une beauté.

Sur la rive opposée de l'Ouseburn se dressait la façade d'un grand entrepôt. A gauche la rivière allait se jeter dans l'immense fleuve qui miroitait en aval.

– Faites-vous petits, chuchotait-elle. Faites très attention, sinon les fantômes nous verront.

– Les fantômes ? ai-je demandé.

– Il y en a partout. On les voit passer là où coule l'eau vive. On les voit dans des petits bateaux. On les voit filer sur des machines. On les voit tout au bout, au bout, du côté du pont. On les entend hurler et hululer, emplissant la nuit de rumeurs.

Elle a croisé le regard de January et demandé :

– Qu'est-ce qu'il y a, Janry Carr ?

Il s'est tourné vers moi, puis vers elle. Ses mains tremblaient.

– Qu'est-ce qu'il y a, Janry Carr ?

– Si on y allait ? me chuchota-t-il. On pourrait partir, il suffit de se barrer et de rentrer à Whitegates.

– Je croyais que tu avais le goût de l'aventure ?

– Les dents de l'Enfer…

– N'aie pas peur, Janry, a interrompu Ange.

– N'importe quoi, je n'ai absolument pas peur, il a sifflé entre ses dents.

Elle a passé sa main palmée sur lui. Immédiatement, il l'a retirée avec un regard horrifié.

– Je ne te ferai pas de mal.

Nous nous observions tous les trois. Mouse est passé devant nous et a commencé à descendre dans l'Ouseburn.

– Je vais me laver en premier.

– Bien, Mouse, a dit Ange au moment où elle entonnait une douce berceuse. Élimine toute cette sale saleté.

January s'est accroupi pour examiner la terre craquelée, et soudain il a planté son canif dans les gravats.

Je me suis allée m'asseoir à côté de lui pour le rassurer :

– De quoi tu as peur ? De quoi tu as peur ?

– Je veux partir d'ici. Je veux continuer, comme on avait dit. C'est à ça qu'il sert le radeau. C'était ça le but.

– On peut partir, mais pas tout de suite, Jan. S'il te plaît, pas tout de suite.

– Tu ne changeras jamais ! Ça devait être notre aventure à nous, toi et moi, le radeau et le fleuve, et regarde où on en est.

J'ai effleuré son épaule. Il s'est vivement dégagé.

– Tu es jaloux. C'est ça, non ? Tu voudrais que je t'appartienne à toi tout seul, moi et notre aventure.

– Ouais ! Si c'est ce que ça t'arrange de croire, tu n'as qu'à croire ça.

Des larmes brillaient dans ses yeux quand il m'a menacée :

– Mais je vais te dire un truc. Si tu ne te débarrasses pas de ce sort de malheur, je me barre tout seul. Tout seul, j'irai jusqu'à la mer. Seul, tout seul.

– Seul, tout seul, me suis-je moquée avant de me relever.

Mouse était assis en bas, au bord de l'Ouseburn, en sous-vêtements, les pieds dans l'eau. Il s'aspergeait et se frottait à la main pour éliminer la boue des Marais.

Ange le regardait tendrement quand elle m'a prise par la main. Alors je l'ai entourée dans mes bras et je lui ai demandé :

– D'où viens-tu, Ange ?

Elle a secoué la tête.

– J'ai très peu de souvenirs. Il n'y a rien qu'un énorme trou noir. Granpa m'a dit que ce trou noir, ce sont les Marais. Il m'a dit qu'il m'a trouvée en creusant une nuit au clair de lune. C'est tout ce dont je souviens, Erin Law, avant Granpa, avant l'imprimerie et les fantômes.

– C'est tout ?

– C'est tout, sauf des images nocturnes, mais ça, je n'en parle pas parce qu'elles sont sûrement fausses.

– Qu'est-ce que c'est, des images nocturnes, Ange ?

– Faut pas le dire. Sinon Granpa se fâche.

Elle s'est blottie contre moi et a commencé à m'expliquer :

– Granpa, lui, est vieux. Mais moi, il pense qu'un jour il faudra que je traverse le fleuve pour rejoindre le monde des fantômes.

Elle a pris un chocolat dans sa poche et me l'a passé dans le creux de la main.

– C'est pour toi. Un chocolat, le plus délicieux.

Mouse est remonté, dégoulinant d'eau, mais l'air enchanté.

Discrètement, January est passé devant nous pour descendre au bord de l'eau.

– Tu as l'air tout beau et tout content, Mouse, s'est exclamée Ange.

Rayonnant, Mouse jouait avec Glapi dans le creux de la main, quand Ange s'est approchée et a effleuré les mots tatoués sur son avant-bras :

Merci de prendre soin de moi

– Qu'est-ce que c'est, ces lettres sur toi ?

– Merci de prendre soin de moi, a répondu Mouse.

– Ça sûrement, je prendrai sûrement soin de toi. Mais qu'est-ce qu'elles font sur ta peau, ces lettres ?

– C'est mon Papa qui me les a gravées là. Puis, en baissant les yeux il a ajouté : Il disait qu'un jour je me retrouverais seul. Et comme j'étais faible, j'aurais toujours besoin qu'on me protège. Il a eu l'idée grâce à une histoire d'ours qu'on lisait ensemble. Il a gravé les lettres avec un couteau et de l'encre.

Elle a caressé son tatouage et chuchoté :

– Tu n'es plus tout seul maintenant, mon petit Mouse.

– Je sais, a-t-il répondu en sortant Glapi de sa poche. Et en plus, elle, elle est toujours avec moi.

Il a glissé Glapi dans les mains d'Ange qui éclata de rire en voyant la petite bête bondir et sautiller entre ses doigts.

– Mouse le bienheureux, s'écriait-elle. Bienheureux Mouse le bienheureux.

Glapi sautillait, Ange riait... Et j'ai compris à quel point Ange et Mouse se ressemblaient, tels deux petits enfants. Elle a remis Glapi entre les mains de Mouse puis elle a écarté ses doigts palmés à la lumière en me disant :

– C'est quoi, un Papa, Erin ?

Mais tout à coup elle s'est baissée en s'exclamant :

– Fantômes !

Immédiatement elle nous a fait signe de nous cacher sous le porche d'un entrepôt.

– Janry, baisse-toi et ne bouge pas.

De l'autre côté du fleuve, deux cyclistes passaient sur la piste cyclable en direction de la mer.

Elle a souri et murmuré d'un air ravi :

– Partis !

Elle est retournée sur le quai au-dessus de l'Ouseburn d'un pas alerte, faisant tournoyer autour d'elle ses cheveux et sa robe.

– Heureuse, chantait-elle. Heureuse, tellement heureuse !

A ses pieds, January balançait des poignées de boue noire dans le courant.

7

Elle pouffait de rire.

– Donne la main, Erin Law.

Puis de nouveau elle s'est esclaffée, ses deux mains palmées devant la bouche.

Nous nous étions lavés. Il nous restait encore quelques traces des Marais Noirs dans les plis de la peau et des taches indélébiles sur les vêtements. Nous étions dans un des entrepôts au milieu de piles de cageots. Beaucoup étaient ouverts, dont celui qui se trouvait devant nous.

– Allez, allez-y, disait Ange.

Je me suis mise à fouiller, tordant le bras et plongeant les mains, quand j'ai senti un papier lisse et frais qui protégeait des boîtes.

– Tu sens ? demandait-elle en riant. Tu sens, Erin ?

J'ai pris une des boîtes et à mon tour j'ai éclaté de rire. C'était une boîte de chocolats bleue, des Milk Tray.

– C'est pour toi, disait-elle, pour toi, Janry, Mouse et Glapi la souris. Allez, mangez, mangez !

J'ai retiré le papier cellophane, ouvert la boîte et fait passer les chocolats blanchis et périmés.

Ange a choisi un chocolat fourré à la crème d'orange. Elle disait que c'était son préféré et se léchait les babines en soupirant.

– Granpa dit qu'ils ne vont pas durer éternellement. Mais il y en a plein le cageot et il y a plein d'autres cageots.

Elle nous a montré des cageots remplis de corned beef,

de raisins secs et de raisins de Corinthe, et des dizaines d'autres qui n'étaient pas encore ouverts.

– Tu as quel âge, Ange ? ai-je demandé en suçant un caramel.

Elle a froncé le sourcil et répondu :

– Non, je ne suis pas vieille. Granpa, lui, il est vieux, Erin.

– Mais tu as combien d'années ?

Elle m'a longuement regardée de ses yeux clairs et brillants, elle voulait absolument me faire plaisir, mais elle était complètement perdue.

– Combien de temps ?

– Prends-en un autre, disait-elle. Allez, prends-en un autre. C'est un délice.

January jurait dans sa barbe. Mouse s'empiffrait de Milk Tray.

– Combien de jours et de nuits ?

– Il y a d'abord le jour, puis la nuit, puis de nouveau le jour, et ainsi de suite comme une ronde.

– Non, tu ne comprends pas.

Elle réfléchissait tout haut :

– La vie est faite de veille et de sommeil. C'est ça que tu veux savoir ? m'a répondu Ange.

– Combien de veilles et de sommeils as-tu été ici ?

Elle réfléchissait toujours puis soudain elle a éclaté de rire.

– Je vais avoir la tête plate comme une aile de pigeon avec toutes tes questions, Erin !

Elle a jeté un œil au fond de la boîte de chocolats, les lèvres pincées.

– Autant de sommeils qu'il y a de chocolats fourrés à la crème d'orange.

– Dans cette boîte ? a demandé January sur un ton cinglant.

– Oh, non, dans tout cet immense entrepôt, Janry.

– Et ça fait combien ?

Elle a éclaté de rire en rougissant. Elle s'est détournée pour éviter le regard de January, elle m'a effleuré le bras et doucement, elle s'est glissée à mes côtés.

– Trois ? m'a-t-elle chuchoté à l'oreille.

8

– En patrouille, regarde.

Nous étions dans une allée, devant l'entrepôt qui devait servir de réserve de nourriture. Granpa se dirigeait vers nous. Il avait boutonné sa veste jusqu'en haut et portait son casque pointu. Il balançait les bras sur les côtés d'un mouvement raide, une vieille lampe de poche noire à la main. Il s'est arrêté devant une petite porte dont il a secoué la poignée. Il a hoché la tête, pris des notes dans un petit carnet et s'est avancé vers nous. Nous avons reculé contre le mur.

– Bonjour, Granpa Gardien, a dit Ange.

– Bonjour, mon petit Ange. Rien à signaler ?

– Rien, Granpa. Juste des fantômes qui passaient au bord de l'eau là-bas, dans leurs machines.

Il a hoché la tête.

Il s'est mis à nous dévisager en plissant le front. Ange s'est approchée de lui sur la pointe des pieds, elle s'est penchée sur son épaule et elle a murmuré à son oreille :

– C'est ceux qui sont arrivés la nuit dernière au clair de lune. Tu te rappelles, Granpa ?

A nouveau il a hoché la tête et pris des notes dans son carnet.

Puis il a relevé le doigt et nous a dit, en nous tançant du regard :

– Je vous tiens dans ce petit carnet à présent. Je me souviendrai. Plus question d'essayer de nous faire des entourloupes.

– Pas question de vous faire des entourloupes, ai-je répondu.

Il a cligné des yeux et retiré son casque pour observer le ciel bleu étincelant en se grattant la tête. Il suivait des yeux le vol d'une mouette. Son visage s'était adouci et il fredonnait une chanson à voix basse. De nouveau il a cligné des yeux et s'est tourné vers nous en disant :

– Il faut partir en patrouille.

Ange s'est relevée pour l'embrasser sur la joue.

– Plus question de nous faire des entourloupes, a-t-il répété.

– Pas question de vous faire des entourloupes, ai-je repris.

Il a laissé Ange lui déposer un second baiser puis il est parti en jetant des coups d'œil curieux sous les vieilles portes et sur les poignées disloquées, prenant toujours des notes dans son carnet.

– Vous avez vu comme il est important, a dit Ange. C'est le gardien.

Nous sommes revenus du côté de l'imprimerie.

January n'arrêtait pas de me regarder, secouant la tête et jurant dans sa barbe, quand il a demandé à Ange :

– Il n'y a personne d'autre qui vit ici ?

– Qu'est-ce que veux-tu dire, Janry Carr ?

– Des autres… D'autres gens.

– Il y a parfois des fantômes, mais quand on les voit, on se cache, et s'ils s'approchent trop près, Granpa les chasse.

– Il les chasse ?

– Oui, Janry. Il les chasse.

– Qu'est-ce qu'il leur fait ?

– Sais pas, des trucs. Ça les chasse, a-t-elle répondu en haussant les épaules.

– Il n'y a pas d'autres gardiens ?

– Non, c'est Granpa, le gardien. Granpa.

– Mais qui le paye ? A qui est-ce qu'il remet ses rapports ? Qu'est-ce qu'il fait quand il ne travaille pas le week-end ?

Ange a claqué la langue.

– Janry Carr, j'ai la tête qui bat et qui tourne avec toutes tes questions. Pourquoi tu n'arrêtes pas un peu ?

January a haussé les épaules. Il a pris un chocolat dans sa poche et s'est mis à mâchouiller.

Ange m'a pris la main pour m'expliquer :

– Granpa est extrêmement occupé. Les jours où il fait beau, il patrouille et surveille. La nuit, il part faire ses recherches et ses fouilles sous la lune.

– Quelles recherches ?

– Oh, des tas de petits trésors, Erin.

– On pourra les voir ?

– Peut-être... Si la lune et les étoiles brillent, Erin pourra voir tous ces petits trésors.

J'avais envie d'en savoir plus mais j'ai simplement secoué la tête, fermé les yeux et fait un large sourire alors que mon esprit, incapable de trouver le repos, était profondément agité.

Nous avons encore un peu marché. Nous sommes rentrés dans l'imprimerie, passés devant les grandes presses et entrés dans le bureau.

– Vous voyez ? a dit Ange en nous indiquant les objets sur les étagères – des bouteilles, des outils rouillés, des galets, des os polis.

Elle caressait l'aile séchée d'un oiseau de mer dont les plumes étaient prises dans l'huile et la boue.

– Vous voyez ? Tous ces trésors... Puis, me prenant

dans ses bras, elle a ajouté : Mais il y a encore plus de trésors, Erin. Granpa dit qu'il existe un trésor qui m'attend, que l'on découvrira une nuit sous la lune et les étoiles. On fouillera et on le ramassera dans le seau.

January grommelait. Il prenait les objets un par un sur les étagères en soupirant avec mépris. Il a longuement regardé les boîtes fermées sur les étagères du haut. Il a feuilleté quelques pages du gros livre de Granpa. Il s'est assis contre le mur, sur sa couverture, et a commencé à retirer la boue de ses baskets avec son canif.

– Pauvre Janry Carr, murmurait Ange en le regardant tendrement.

Mouse était à genoux à côté de la table. Il jouait avec Glapi qui sautillait entre ses doigts.

– Mouse et Glapi sont heureux mais..., a murmuré Ange. Viens, viens, assieds-toi là.

9

Elle m'a entraînée vers l'entrée et nous nous sommes assises dans l'encadrement de la porte, appuyées l'une contre l'autre. J'ai effleuré les membranes entre ses doigts, cette fine matière translucide qui réfléchissait la lumière. Devant nous, une pluie de soleil inondait les presses de l'imprimerie et l'on voyait la poussière danser entre les rayons. Des oiseaux gazouillaient dans les poutres. Derrière les lucarnes brisées resplendissait un ciel infiniment bleu. Un brise légère nous caressait le visage.

– Tu as connu ta maman, Ange ?

Ses yeux se sont assombris. J'ai souri puis repris :

– Ta maman, ta mère.

Son visage s'est crispé.

– Toi et Janry Carr, vous dites des choses bizarres.

– Tu ne comprends pas ?

– Prends pas quoi, Erin Law ?

– Attends, dis-je en riant.

Je suis allée prendre mon sac à dos sous mes couvertures, j'ai sorti ma petite boîte à trésors et dénoué le ruban.

– Tu vois, ma maman était une petite femme aux cheveux roux et aux yeux verts. Elle portait des boucles d'oreilles en forme de perroquets et nous vivions ensemble dans une petite maison qui surplombait le fleuve. Nous étions heureuses, c'était comme au Paradis.

– Ça, ce sont les histoires qu'on raconte, a dit Ange, souriant et soupirant. Comme les histoires que Granpa raconte sur les noirs Marais Noirs. Merveilleuses, merveilleuses histoires. Raconte, Erin. raconte-les moi.

Elle s'est glissée plus près de moi.

J'ai pris une photo de Maman et moi dans notre jardin.

– C'est nous, tu vois ? Là, c'est moi quand j'étais petite et là, ma Maman.

Elle a longuement observé la photo.

– Vous êtes comme les fantômes.

J'ai souri et entendu en moi le petit rire de Maman.

– Non, c'est ma Maman quand elle était encore vivante.

Elle se mordillait la langue tout en observant, comme si elle réfléchissait à quelque grand mystère. Je lui ai montré la boucle d'oreille en forme de perroquet.

– C'est quoi les Mamans, Erin ?

– Les Mamans, ce sont les personnes dont nous naissons. Mais il y a aussi les Papas.

Son visage s'est tendu.

J'ai encore fouillé dans la boîte tandis qu'elle se tortillait et pouffait de rire.

– Ce sont tes trésors, Erin ?

– Oui.

– Merveilleux… merveilleux… Moi, mes trésors m'attendent dans les Marais, m'a dit Granpa. Il m'a promis qu'il les retrouverait avant d'être plus calme que le calme.

– Plus calme que le calme ?

– Plus calme que le calme. Ne fais pas attention, Erin. Montre, montre.

J'ai sorti la photo floue prise à l'hôpital, le scan où l'on voyait ma tête, mes bras qui s'agitaient et mes pieds qui frappaient.

– Tu vois ? c'est moi. C'est moi quand j'étais dans le ventre de ma Maman, plusieurs mois avant ma naissance.

Elle a émis un petit rire gêné avant de contempler longuement la photo.

– C'est vrai ?

– Oui. C'est moi, dans le ventre de ma Maman.

– Il fait plus sombre que sombre. C'est difficile de voir.

– Oui, plus sombre que sombre.

– Tu t'en souviens ?

– Non.

– Moi non plus.

– Toi non plus ?

– J'étais dans les noirs Marais Noirs, où tout est plus noir que noir. Granpa m'a trouvée au cours de ses fouilles.

– Tu as sûrement eu une Maman.

Elle réfléchissait.

– Alors c'était les Marais Noirs, ma Maman. Elle a éclaté de rire, ravie, et m'a serrée très fort. La Maman d'Erin Law était plus sombre que sombre. La Maman d'Ange était plus noire que noire.

Nous sommes restées assises en silence un moment.

– Comment est-ce que tu as échoué dans les Marais Noirs ?

– C'est un mystère, Erin Law. Granpa dit que j'étais peut-être une sorte de poisson ou une sorte de grenouille vivant dans l'eau.

A nouveau elle a examiné ma photo.

– Regarde-moi ça, disait-elle, ravie. Regarde-moi ces petites mains et ces petits pieds. Regarde-moi la petite Erin qui s'agite comme dans l'eau.

– Oui.

– Erin Law, toi aussi tu étais une sorte de poisson ou de grenouille.

– Oui, ai-je répondu en riant.

– Erin est comme Ange et Ange est comme Erin.

– C'est vrai.

Nous avons échangé un sourire complice.

– Une sorte de poisson.

– Et de grenouille, a-t-elle ajouté.

Nous riions et riions comme des folles. Mais comment pourrions-nous un jour nous comprendre vraiment ? Je l'ai serrée dans mes bras, et j'ai senti qu'elle frémissait, aussi émue que si c'était ma vraie petite sœur.

– Toi ! me suis-je exclamée soudain.

– Moi ?

– Oui, toi ! Toi ! Qu'est-ce que je vais faire de toi ?

– Ne fais rien, Erin Law. Mais reste avec moi et tu seras mon amie. Simplement fais attention.

– Attention ?

– Oui, ma grande sœur chérie. Parce que le monde est plein de pièges dans lesquels on tombe sans jamais s'en sortir.

J'ai éclaté de rire et fouillé dans ma boîte à trésors pour prendre la bouteille de parfum. Je l'ai renversée sur mon doigt et j'ai tamponné un peu de parfum contre mon cou et contre le sien. Je sentais la présence de Maman à nos côtés qui nous tenait toutes les deux dans ses bras.

– Merveilleux, a murmuré Ange.

– Merveilleux, ai-je murmuré.

– Merveilleux, a murmuré Maman.

10

January m'a donné un coup de pied dans les jambes en sifflant entre ses dents :

– Dehors.

Je me suis frottée les yeux.

– Dehors, Erin.

Ange reposait contre moi, sa main palmée sur mon bras.

January me fusillait du regard.

– Allez, viens.

Délicatement, j'ai dégagé la main d'Ange, je me suis levée et nous avons traversé le bureau pour aller dans l'imprimerie. January me guidait au milieu des presses quand soudain il s'est arrêté sous un immense aigle en fonte.

– Il faut qu'on parte.

Je n'ai rien dit.

– Il faut qu'on se tire.

– Pas tout de suite.

Nous avons quitté la pièce. Derrière l'immense porche, on voyait le fleuve et la rive opposée. Granpa est passé devant nous, les bras raides comme la mort, sa lampe de poche à la main.

– Il faut qu'on se casse d'ici, a repris January.

– Oh, January !

– Lui, il est dingue, et elle, elle n'est pas normale. Tu as vu ces foutues mains ?

– Il lui est arrivé quelque chose d'atroce, j'en suis sûre, January.

– C'est à nous qu'il va arriver quelque chose d'atroce, si on reste. Il a une énorme hache sous son bureau. Tu savais ?

– Non.

– Bon, ben tu vois.

– C'est pour la protéger.

– C'est ça, et si jamais il décide de la protéger contre nous, hein ?

– Il ne nous fera jamais de mal.

– Ah !

Il donnait des coups de pied et faisait valser les lettres en plomb qui résonnaient à travers la pièce.

– Et le radeau ? s'écriait-il. Et le fleuve ? Et la fuite à des kilomètres et des kilomètres ?

– Mais on y est. Tu n'as pas l'impression ?

– J'ai l'impression d'être en plein cauchemar, Erin. Pire que ça même. J'ai l'impression d'être dans un lieu de fous, un lieu maléfique.

– Maléfique !

Il continuait à donner des coups de pied et à jurer. Granpa est passé sous le porche, raide comme la mort, la pointe de son casque brillant sous le soleil.

– Regarde-le ! a-t-il lancé.

– Ah ! dis-je en riant.

– On dirait que tu as été ensorcelée.

– Ah !

J'ai pris un chocolat et je lui en ai donné un pour le calmer.

Il l'a jeté avec rage contre l'aigle en continuant à donner des coups de pied dans les lettres, puis soudain il s'est calmé.

– Ça sent la mort, Erin ! Voilà ce que ça sent. Et si on

ne fout pas le camp assez tôt, on ne pourra plus jamais s'en aller, voilà ce que ça sent.

Nous nous regardions comme deux chiens de faïence, sans sourciller.

– Ah ! ai-je repris, cette fois plus posément, avant de baisser les yeux. Ne t'inquiète pas, on peut partir quand on veut. Bien sûr qu'on peut, Jan.

Nous traînions les pieds au milieu des lettres en plomb.

– Écoute, a dit Jan. Allons au moins vérifier que le radeau est en bon état au cas où, s'il faut qu'on s'enfuie rapidement.

Nous sommes descendus vers le fleuve. Bientôt nous avons entendu les pas de Granpa derrière nous. Il était caché sous un porche au milieu d'une allée. Comme si de rien n'était, j'ai pris un caramel à sucer.

Nous sommes arrivés au bout du labyrinthe de ruelles.

Sur les quais, deux mouettes se disputaient un hareng à coups de bec. Elles se sont éloignées en sautillant devant nous puis ont recommencé à se battre, claquant et battant du bec avec des hurlements stridents.

Éclatant soudain de rire, je me suis écriée :

– Attention aux fantômes !

– Tu parles de fantômes !

Les Marais Noirs avaient étaient recouverts par la marée montante. Le radeau flottait là, sous nos yeux. January a poussé un profond soupir.

– Tu vois, ai-je dit simplement.

– Ouais. Mais il y a sûrement quelqu'un qui va repérer le radeau, ils nous mettront la main dessus et on est bon pour retrouver Maureen et tout le reste.

On pourrait le tirer hors de l'eau.

– Non, il faut absolument qu'on parte.

Il observait le radeau quand soudain il a changé de ton et lancé :

– Je partirai sans toi.

Puis, en me jetant un regard en biais il a répété :

– Je partirai.

La rage luisait dans ses yeux. La peur aussi. Il avait besoin que je le supplie de ne pas partir. Il avait besoin que je lui promette que j'abandonnerais Ange et Granpa et que je l'accompagnerais. Mais les paroles d'Ange résonnaient dans ma tête : Tu es ma sœur... Tu es ma meilleure meilleure amie... Non, je ne pouvais pas la laisser seule avec Granpa. Une partie de moi l'aimait déjà comme une sœur. Je ne savais pas comment le dire à Jan.

– Ça devait être notre aventure à nous, disait January. Toi et moi, le radeau et le fleuve. Mais tu as laissé cet imbécile de Mouse venir avec nous. Et tu t'es laissée ensorceler par ces deux imbéciles de mutants !

– Dans ce cas-là, vas-y, pars tout seul.

J'allais tendre la main vers la sienne quand nous avons entendu des bruits de pas. Les mouettes à hareng ont disparu en un éclair dans le ciel.

Débouchant de l'une des allées, Granpa se dirigeait vers nous d'un pas menaçant. Il brandissait au-dessus de la tête un couteau de cuisine dont la lame étincelait au soleil. Son visage était rouge comme le sang sous ses rides noirâtres. Ses yeux brillants dégageaient un parfum de mort.

January a fait quelques pas en avant. Il a saisi son canif et l'a brandi dans son poing en hurlant :

– Allez, vas-y ! Vas-y, vieux !

Soudain Ange est arrivée en courant à travers les allées.

– Non ! hurlait-elle. Ce sont mes amis, Granpa !

Elle l'a pris par l'épaule et l'a serré dans ses bras.

– Granpa ! Ce sont mes amis, ceux qui sont arrivés au clair de lune !

Il se tenait là, respirant à peine, son couteau pendouillant entre ses mains. Ange était accrochée à lui et murmurait des paroles désespérées. Peu à peu, ses yeux se sont éclaircis.

Jan maintenait son canif brandi en l'air. Le corps tendu, immobile. Hors d'haleine.

– Pourquoi est-ce qu'elle est venue, celle-là ! fulminait-il. J'aurais pu l'achever tout de suite.

Elle a écarté Granpa et commencé à le raccompagner le long de l'allée. Mais elle se retournait sans cesse, pour nous supplier du regard de ne pas l'abandonner.

– Un bon coup de couteau dans le cœur, disait Jan. Ou dans la gorge, ou dans le ventre. Facile.

– Tu n'as pas eu peur ?

– Il est vieux. Il est en train de s'écrouler. Pas le moindre risque.

Je tremblais. Je brûlais d'envie de courir vers Ange pour la réconforter.

– J'en suis sûr, a dit Jan.

– De quoi ?

Il m'a prise par l'épaule et a planté son regard dans le mien. Il crachait ses mots un par un.

– C'est un tueur diabolique, Erin. Cet endroit respire la folie et le mal. Il faut qu'on se casse.

Il a approché mon visage du sien et plissé les yeux pour me dire :

– Pourquoi est-ce que tu veux rester alors que tu sais qu'on risque de mourir tous les trois sur place ?

Je me mordillais la lèvre et sentais les larmes couler le long de ma joue.

– Ne me quitte pas, brûlais-je d'envie de lui dire. S'il te plaît, ne me quitte pas, Jan.

Mais je n'ai rien dit.

Brutalement, il m'a repoussée, il a sauté au-dessus du vieux parapet, dévalé le long de l'échelle et bondi sur le radeau. Il se tenait juste au-dessus de l'inscription qu'il avait gravée en rouge. Je le regardais, j'attendais qu'il s'en aille, seul, et m'abandonne. Mais il n'a pas détaché le bout. Il se tenait debout, là, oscillant au gré des courants, la tête emplie de fureur et de rêves de liberté, ruminant sa déception vis-à-vis de moi, sa meilleure amie.

11

J'ai essayé de hurler son nom, mais ma voix n'était qu'un gémissement désespéré et il ne s'est pas retourné. Il m'avait laissée tomber. Je l'ai abandonné et je suis retournée au milieu des allées obscures, des quais dévastés, des bâtiments démolis, toutes ces ruines du passé, ce dédale qu'il disait être un lieu de folie et de malheur, un lieu de mort. Je marchais en donnant des coups de pied contre des tas de décombres et de vieux gravats. Les murs et les plafonds en ruine grinçaient et crissaient. Des rubans de poussière s'enroulaient autour de moi. Des ombres se glissaient. Des oiseaux noirs voletaient dans les airs. Des portes défoncées ouvraient sur des salles et des bureaux noirs comme dans un four. Le sol était fissuré et déchiré par les nids-de-poules. Des pans entiers de planchers s'étaient effondrés, formant des trouées béantes qui laissaient entrevoir des fosses abyssales. J'imaginais une nuée de fantômes rôdant autour de moi et m'observant, les fantômes de tous ceux qui avaient travaillé là, animant ces lieux de bruit, de lumière et de vie. Je sentais qu'ils m'effleuraient du bout des doigts, j'entendais leur respiration sourde, leur plainte lancinante, leur rire triste. J'imaginais des bêtes qui m'épiaient du fond de leurs tanières obscures. Je voyais leurs yeux briller et leurs griffes luire. C'étaient des créatures qui avaient grandi dans l'ombre et la désolation, des ébauches de vie mutantes, moitié mortes moitié vivantes. Elles m'agrippaient au passage, elles sifflaient mon nom entre leurs dents, elles essayaient de m'attirer à elle et de m'attirer dans leur monde. Je marchais, marchais, marchais encore et encore. Je marchais à travers mon propre esprit, arpentant mes souvenirs, mes espoirs et mes rêves. Je donnais des coups de pied dans les gravats, respirais la poussière. Je me rappelais la première fois que j'étais descendue voir le radeau avec January, nous nous sentions si légers et si libres... Nous courions en virevoltant vers le fleuve main dans la main. La liberté. C'était la liberté. Un nouveau départ. Comment étions-nous si vite tombés dans cet antre sombre, dévastée et dangereuse ? Pourquoi avions-nous été si vite séparés ? Je le voyais dériver tout seul sur le radeau le long du fleuve, vers l'océan infiniment vide. Il brandissait les bras de joie et hurlait : Liberté ! Liberté ! J'ai poussé une porte défoncée. Noir. Je tremblais et maugréais. Les mains tendues, je m'avançais de plus en plus profond. Je poursuivais mon chemin en frôlant les fantômes tristes, jusqu'au moment où j'ai découvert une ouverture au milieu du sol. Je suis descendue plus bas encore. Vieilles marches en ruines. Odeur de moisi, de salpêtre et de mort. Je suis descendue au cœur des ténèbres, sans autre issue possible. Je me suis allongée dans la vase et j'ai murmuré :

– Maman...

Aucune réponse.

J'ai reconnu sa main qui reposait sur la mienne, de plus en plus glacée. Je l'ai serrée dans la mienne alors qu'elle fermait les yeux pour la dernière fois et disparaissait, me laissant seule à jamais. Sa main, de plus en plus glacée.

– Pourquoi es-tu morte ? implorais-je. Pourquoi ? Pourquoi ?

Aucune réponse.

– Maman..., murmurais-je. Maman... S'il te plaît, Maman !

Aucune réponse. Seule sa main dans la mienne. Seule sa main glacée, inanimée, morte, dans la mienne.

Je me suis allongée à ses côtés en silence. Le froid et la quiétude pénétraient mes os. Je gisais là, dans la vase, au milieu des mutants qui venaient peu à peu se rassembler autour de moi. Leurs coups de patte avaient remplacé la douce caresse de Maman. Leurs sifflements maléfiques avaient remplacé le son de sa voix. J'étais au-delà des mots, au-delà du rire, au-delà des larmes. Sans espoir. Sans joie. Sans vie. La mort m'enserrait et m'emportait avec elle.

12

– Erin Law ! Erin Law !

Sa voix résonnait à travers les allées et les bâtiments, sous la porte défoncée, au-delà des fantômes et des mutants, jusqu'au fond des ténèbres.

– Erin Law ! Erin Law !

Sa voix pénétrait à l'intérieur de ma tête, elle me rappelait du fond du silence, du fond du vide et de l'agonie.

– Erin Law ! Erin Law !

Je me suis frotté le visage et j'ai senti l'épais limon qui recouvrait ma peau et mes cheveux. Je me suis assise pour essayer de répondre à son appel mais je suffoquais, la voix rauque et affaiblie.

– Erin Law ! Erin Law !

Je me suis levée pour essayer de me frayer un chemin dans l'obscurité, les mains en avant, mais je me sentais trop mal, engourdie, et je trébuchais et titubais au milieu des tas de gravats pierreux.

– Ange ! essayais-je de crier. Ange !

J'ai commencé à ramper mais je ne savais pas si je rampais vers une source de lumière ou encore plus profond dans l'obscurité.

– Ange ! Ange !

Je me suis essuyé le visage et j'ai reconnu le goût du sang qui coulait sur mes mains.

– Ange !

– Erin Law !

Sa voix était plus proche, plus claire. Je faisais tout

mon possible pour distinguer le bruit de ses pas à travers les multiples épaisseurs de murs et de planchers qui m'isolaient.

– Où es-tu, Erin Law ?

En essuyant les larmes de mes yeux, j'ai répondu d'une voix à peine audible :

– Je ne sais pas.

Puis soudain je me suis exclamée :

– Je suis là ! Je suis là !

– Erin Law ! Erin Law ! Erin Law !

Je trébuchais, je rampais, j'essayais de retrouver le vieil escalier, j'essayais de me dégager hors de ce cloaque d'humidité et de mort. Mais je tournais en rond, en vain, je me retrouvais dans des niches criblées de fissures et de chausse-trappes, où de nouveaux escaliers menaient à des caves plus profondes encore. Je sentais la pression des mutants qui du bout des doigts m'invitaient à m'enfoncer. J'entendais leurs sifflements. « Oui, oui-i-i. Plus bas. Plus bas. » Je luttais contre eux. J'essayais de me concentrer sur la voix d'Ange mais ce n'était plus qu'un mince filet distant, qui semblait surgir d'un autre monde. J'ai cru que j'étais perdue, introuvable, j'avais pénétré trop profond dans d'inaccessibles ténèbres, personne ne pourrait jamais accéder jusqu'ici pour m'aider à sortir. « Plus bas ! » susurraient les voix. « Oui. Plus bas. » J'ai arrêté de ramper. J'ai pris la main de Maman pour la dernière fois tandis qu'elle fermait les yeux pour la dernière fois.

– Erin Law ! Erin Law !

La voix circulait, puis s'estompait, augmentait, s'estompait à nouveau, mais jamais n'abandonnait.

– Erin Law ! Où es-tu, Erin Law ?

– Je ne sais pas, sanglotais-je.

En larmes, je tenais la main morte de Maman.

– Je ne sais pas !

Je me suis recouchée dans la vase. De nouveau j'ai senti le froid peu à peu envahir mes os.

– Ici ! ai-je appelé au secours.

J'ai fermé les yeux. La voix circulait toujours à ma recherche. Désespérée, je me suis enfouie au fond de mes ténèbres.

– Erin Law !

Elle était plus proche.

– Je te vois, Erin Law !

J'avais du mal à articuler.

– Ne bouge pas. Ne bouge surtout pas.

– Quoi ?

– Je te vois. Ne bouge pas, Ange arrive.

Le regard perdu dans les ténèbres, je ne voyais plus rien, incapable de distinguer quoi que ce soit. J'ai entendu un bruit de pas se rapprocher au milieu des gravats, entendu sa respiration se rapprocher, entendu le bruissement de ses vêtements se rapprocher. Mais je ne voyais rien. Et soudain, la caresse de ses doigts sur mon visage.

– Oh ! ma sœur, Erin Law ! Que fais-tu au fond de ténèbres si sombres ?

13

– Je t'avais prévenue, disait-elle. Je t'avais dit qu'il y a des trous qu'on ne voit pas. C'est un endroit sombre et très dangereux, il faut faire attention, ma sœur.

Doucement, elle a retiré la vase de mon visage en passant ses doigts délicats.

– Il faut faire attention, sinon tu risques de tomber hors du monde, et personne ne pourra plus jamais te retrouver.

Nous étions debout sous la porte défoncée, au milieu des décombres et des gravats, sous un toit éventré. Elle avait beau me caresser le visage, j'avais mal aux yeux, j'étais aveuglée par la lumière et j'avais le tournis.

– Où sommes-nous ? ai-je demandé.

Aucune réponse.

– Où sommes-nous ? Dans un lieu de malheur ? Un lieu de folie ?

– Qu'est-ce que tu dis, Erin Law ?

– Qui es-tu ?

– Je suis Ange, ma sœur.

– Où sommes-nous ?

– Chez Ange et Granpa, ma sœur.

Des oiseaux gazouillaient et voletaient très haut au milieu des poutres délabrées. Des êtres soupiraient et se faufilaient sous nos pieds.

– Est-ce la vie ? Ou est-ce la mort ? ai-je demandé.

Elle a cligné des yeux, troublée. Elle a recommencé à me caresser le visage.

– A quoi tu pensais quand tu étais au fond, ma sœur ?

Elle m'a donné un chocolat et j'ai répondu en mangeant :

– Délicieux.

– Délicieux délice, a-t-elle renchéri en souriant. Prends-en plus. Prends-en plus.

– Quelles sont les questions auxquelles tu peux me répondre ?

Elle a haussé les épaules en souriant.

– Ne pose pas de questions. Savoure ces délicieux chocolats.

– Pourquoi est-ce que Granpa veut nous tuer ?

– Granpa est un bon Granpa. Il ne vous fera jamais le moindre mal.

J'ai secoué la tête, riant sous cape.

– Et le couteau, Ange ?

– Il ne se souvenait plus de vous. Il croyait que vous étiez des fantômes ou des diables venus pour nous faire des entourloupes.

– Il a voulu nous tuer, Ange.

– Peut-être. C'est pour ça qu'il faut rester avec Ange. Il ne faut jamais, jamais faire comme les fantômes. Il faut dire Bon Jour, Granpa Gardien. Il faut lui dire qu'Ange est la plus merveilleuse des merveilles.

– Quoi encore ?

– Rien. Et Granpa sera gentil.

– Gentil ! ai-je ricané.

– Viens voir.

Nous sommes sorties et je me suis laissée guider. Je me retournais sans cesse du côté du fleuve pour essayer de voir Jan mais il n'y avait plus personne. Arrivée à l'imprimerie, soudain je l'ai vu, il était devant le bureau, appuyé contre une presse. Éberluée mais soulagée, je l'ai appelé à voix basse. Il nous a jeté un regard glacial. A nouveau j'ai chuchoté son nom mais il a simplement haussé les épaules. Je mourais d'envie d'être près de lui. Je mourais d'envie de l'entendre me parler mais il ne disait pas un mot. Soupirant profondément, je me suis laissée conduire par Ange jusqu'au bureau. Le jour tombait, les bougies étaient allumées. Granpa était en train de prendre des notes dans son grand registre. Il mâchait un morceau de corned beef. Son casque était posé sur le bureau à côté de lui.

– Tu vois ? dit Ange. Granpa est apaisé maintenant. Il oublie beaucoup de choses. Alors il prend des notes pour se rappeler.

J'ai jeté un coup d'œil sur son grand livre. Je regardais sa main griffonner avec fureur. J'imaginais les milliers et les milliers de mots qu'il avait dû écrire dans cette pièce à la lueur de bougies.

– Il a dû beaucoup écrire sur toi, non ? ai-je demandé.

– Beaucoup, oui, beaucoup, Erin. Beaucoup, quand Ange mange des chocolats, quand elle dort, quand elle a des pensées étranges ou des rêves étranges…

– Est-ce que tu as lu ses livres, Ange ?

Son visage s'est crispé.

– Est-ce que tu as lu ses livres ?

– Il a écrit qu'Ange est la plus merveilleuse des merveilles, Erin Law.

– Mais encore ?

– C'est tout.

Dans l'entrebâillement de la porte, January maugréait toujours, mais il a fini par se rapprocher de nous pour nous interrompre :

– Elle ne sait même pas lire. Alors ils sont où, tous ses livres, hein ?

Elle se mordillait la lèvre.

– Oh, Janry Carr, là, tu risques de le fâcher sérieusement.

– Quoi ?

– Les secrets de Granpa, Janry Carr. Interdit de regarder. Interdit de toucher.

January scrutait la pièce.

– Ils sont où, ces secrets ?

Sa main tremblait contre mon bras.

– Dis à Janry Carr qu'il faut qu'il arrête maintenant.

January ricanait.

– Dis-lui qu'il ne faut pas faire comme les fantômes qui nous épient et nous fouillent.

– Tu entends ? ai-je dit à January, qui pour toute réponse m'a lancé un regard noir.

Granpa a levé ses yeux qui luisaient à la lueur des bougies et son regard s'est immédiatement radouci quand il a vu Ange. Elle lui a souri et chuchoté en retour :

– Je t'aime, Granpa.

– Amour, Amour, Amour, murmurait-il en écrivant. Ange et Granpa. Amour, Amour, Amour.

– Là, a dit Ange. Vous avez vu comme il est doux ? Vous avez vu comme il est bon ?

– Oui, ai-je répondu.

– Vous voyez, il ne vous fera pas de mal.

January jurait dans sa barbe.

Mouse nous observait, tapi dans un coin sombre. Glapi la Souris jouait entre ses doigts.

Bientôt, Granpa s'est levé et a commencé à retirer sa veste derrière son bureau.

– Ne regardez pas, a dit Ange.

Nous avons détourné les yeux. Nous entendions Granpa se déshabiller. Quand nous nous sommes retournés, il ne portait plus qu'une paire de bermudas noir qui lui arrivait aux genoux. Il avait la peau gris-bleu, sillonnée de traces noirâtres nichées dans les plis et d'un tatouage en forme d'ancre sur son torse poilu. Il avait les jambes maigres, un petit ventre arrondi mais les bras et les épaules très musclés. Il s'est dirigé vers la porte et il a pris une paire d'immenses bottes. Il s'est penché pour embrasser Ange, ses cheveux et sa barbe tombant sur son beau visage pâle. Il a pris une pelle et un seau et a disparu dans la nuit de plus en plus noire.

– Il est parti à la chasse aux trésors, expliquait Ange, les yeux agrandis par l'excitation. C'est peut-être ce soir, la nuit de pleine lune où il doit découvrir le trésor d'Ange.

– On peut y aller avec lui ? ai-je demandé.

Elle a souri.

– Oh ! Erin, bien sûr que tu peux. Viens, Janry Carr. Venez, Mouse et Glapi. Allons voir Granpa fouiller en pleine nuit sous la lune et les étoiles.

14

Le ciel scintillait au-dessus des entrepôts. Nous marchions, butant dans les ornières, les genoux écorchés par les chutes contre la pierre. Ange glissait d'un pas léger devant nous, ses cheveux pâles ondoyant délicatement comme une traîne. Loin devant, la silhouette noire de Granpa se dirigeait lentement vers le fleuve. Un ciel incandescent illuminait la ville. Une myriade de petites lumières éclairaient l'arche du pont. Le contour des clochers et des ensembles d'immeubles se détachait contre l'horizon. Le fleuve miroitait comme du métal poli sous le clair de lune. Une rumeur aiguë et dense montait des Quais Norton.

Granpa est arrivé au-dessus du fleuve et s'est retourné pour descendre la vieille échelle en nous observant, les yeux brillants.

– Bonsoir, Granpa Gardien ! a lancé Ange. C'est moi, avec mes amis, Erin, Janry et Mouse. On est partis à la chasse aux fantômes.

Il a levé la main puis il est descendu.

Nous nous sommes accroupis en haut du quai pour le suivre du regard. Il est d'abord allé examiner le radeau, passant ses doigts sur l'inscription de January. Puis il est allé plus loin et nous entendions ses pieds déraper et patauger dans la boue. Soudain il s'est arrêté et il a commencé ses fouilles.

Il dégageait la terre méthodiquement, pelletée après pelletée, draînant l'eau qui était aspirée bruyamment avant de jaillir à la surface. Peu à peu il faisait ainsi un tas de boue qu'il filtrait entre ses doigts. Il découvrait alors de nombreux objets qu'il nettoyait et observait à la lumière du clair de lune. Il en rejetait certains et conservait les autres dans le seau. Il s'étendait à côté du trou qu'il avait creusé et plongeait la main, puis le bras tout entier. Il jetait ses nouvelles trouvailles dans le seau ou dans le fleuve. Puis il rebouchait le trou, prenait son seau, se déplaçait un peu plus loin et recommençait.

Une odeur de pétrole, de pourriture et de poisson se dégageait, parvenant jusqu'au quai où nous étions allongés. Parfois de soudains relents pestilentiels nous obligeaient à retenir la respiration, le nez bouché jusqu'à ce que ça passe.

Granpa poursuivait ses fouilles sous le clair de lune, tel un être venu du fond des âges, pétri dans la terre même des Marais.

– C'est comme moi, fit Mouse, fasciné, attentif au moindre geste de Granpa. Comme moi quand je pars à la pêche aux trésors.

– Oui, j'ai répondu en riant. C'est exactement comme toi.

– Il doit y avoir plein de choses, des trucs rejetés par le fleuve. Il y a sûrement des objets qui remontent à des siècles et des siècles. Je ne pourrais pas aller l'aider ? a-t-il ajouté en jetant un coup d'œil à Ange.

– Oh ! Oui, mon petit Mouse. Ça serait tellement bien si Granpa avait un assistant. Oui, vas-y Mouse, va l'aider. Et elle appela soudain : Granpa ! Mon ami Mouse vient t'aider à la chasse aux trésors.

Granpa s'est retourné, les yeux brillants, et a fait un signe de la main.

Mouse avait sorti Glapi de sa poche et s'adressait à elle en la tenant devant le visage :

– Mouse s'en va aider Granpa à la chasse aux secrets, comme toi parfois.

– Occupe-toi bien d'elle, me dit-il en me la glissant dans la main.

Furieuse, Glapi la souris s'est mise à me lacérer la main de petits coups de griffe puis elle s'est dégagée pour regarder Mouse s'éloigner d'un air mélancolique.

– Hi, hi, glapissait-elle. Hi, hi.

Il est descendu dans les Marais Noirs et immédiatement, il a commencé à creuser à mains nues.

– Quel est le trésor que recherche Granpa ? ai-je demandé à Ange.

– Le trésor d'Ange.

– Mais c'est quoi ?

– Granpa dit que les Marais sont pleins de trésors et de secrets qui viennent de très très loin. Et qu'une nuit il les trouvera et les emportera.

Jan s'était redressé pour contempler la mer. On entendait à nouveau le bruit de l'eau drainée et aspirée.

– Il a déjà trouvé une partie du trésor ?

– Des petits bouts. Mais il est sûr de trouver le tout avant d'être plus calme que le calme.

– Plus calme que le calme ?

– Plus calme que le calme. Mais Granpa dit qu'il a déjà trouvé le plus beau de tous les trésors. C'est Ange, et il l'a trouvée une nuit sous la lune et les étoiles.

– Et il t'a balancée dans le seau, c'est ça ? s'est exclamé January d'un ton méprisant.

– Mais non, Janry Carr ! Je suis trop grande. Tu ne vois pas ?

January s'est mis à faire les cent pas le long du quai devant nous.

Je me tenais serrée contre Ange, effleurant délicatement les toiles entre ses doigts tandis qu'elle me contemplait de ses immenses yeux pâles qui brillaient.

– Est-ce qu'il y a d'autres Ange dans les Marais Noirs ?

– Ça, c'est un mystère, Erin. Mais Granpa dit qu'un jour, on ne sait jamais, il trouvera peut-être les frères et sœurs d'Ange. C'est eux qui s'occuperont d'Ange quand il sera plus calme que le calme.

– Ange, ai-je chuchoté en l'entourant de mes bras. Tu crois vraiment que tu as des frères et des sœurs quelque part ?

– Dans les noirs Marais Noirs, oui.

– Non, je veux dire ailleurs, dans le passé.

– J'ai parfois des pensées et des rêves étranges, dans lesquels vivent peut-être des frères et des sœurs, et bien d'autres choses étranges. Mais il ne faut pas en parler, sinon Granpa se met en colère.

– On pourrait en parler à voix basse un jour ?

Elle a tendu la main pour me caresser la joue et murmurer :

– Peut-être, peut-être, ma sœur à moi.

Nous étions allongées, observant Granpa et Mouse tandis que Glapi jouait entre mes doigts.

January avait disparu.

15

– Où est Janry Carr ? a soudain demandé Ange.

Granpa était en train de creuser son troisième trou. Mouse était étendu à plat ventre, les deux bras enfoncés dans la boue.

Elle s'est redressée pour regarder du côté des bâtiments.

– Mais où est passé Janry Carr ?

– Sais pas.

– Oh ! Erin.

– Ne t'en fais pas pour lui. C'est un grand garçon, tu sais.

– Mais je suis sûre qu'il cherche à nous tendre des pièges, Erin.

– Tu veux que j'aille le chercher ?

Elle se mordillait les lèvres.

– On y va toutes les deux, Erin. Il faut commencer par regarder dans le bureau de Granpa.

Nous avons discrètement quitté le quai et filé à travers le dédale d'allées jusqu'à l'imprimerie. La lueur des bougies scintillait à travers les fenêtres du bureau. Ange s'est précipitée contre la porte pour écouter, les yeux écarquillés par la peur.

– Janry Carr est à l'intérieur, a-t-elle chuchoté, d'un ton paniqué. Sinon c'est un fantôme.

Je l'entendais fureter à l'intérieur.

– Vas-y, Erin, vas lui dire d'arrêter.

J'ai tourné la poignée.

January était en train de monter sur les échelles. Il était à mi-hauteur et tendait le bras vers les étagères supérieures. A peine m'a-t-il vue, il a esquissé un sourire forcé.

– Descends, a hurlé Ange en me poussant devant elle. Descends, descends !

– Dis-lui, Erin, dis à Janry Carr de descendre immédiatement.

– Descends, Jan, descends !

Il tenait à la main une paire de ciseaux rouillés et un petit squelette de poisson.

– Les fameux trésors ! s'est-il exclamé d'un ton sarcastique.

Ange sanglotait.

– Descends, Jan !

– Descends ! suppliait Ange. Granpa va être furieux. Il risque de te chasser et de te faire disparaître.

Immédiatement Jan a bondi des étagères pour atterrir à côté de moi.

– Et là-haut ? il a demandé en indiquant les étagères où reposaient des boîtes poussiéreuses. Peut-être qu'il y a quelque chose là-haut ?

– Non, Janry Carr, a répondu Ange. C'est interdit de monter là-haut. C'est interdit de regarder dans ces boîtes.

– Et là, regarde, il a ajouté en indiquant le tiroir du bureau fermé à clef. Et là-dedans, il y a quoi ?

Il a sorti son canif et ouvert une fine lame qu'il a introduite dans la serrure.

– Dis-lui d'arrêter, Erin, sanglotait Ange. Je t'en supplie, dis-lui d'arrêter.

Je l'ai prise par la main pour la rassurer, mais soudain il a arrêté de ricaner et il a dit d'un ton sec :

– D'accord.

Appuyée contre moi, Ange pleurait toutes les larmes de son corps.

– Quand ils seront tous les deux partis, OK ? est venu me chuchoter January avec un clin d'œil complice.

Je lui ai répondu par un regard noir mais moi aussi, je mourais d'envie d'ouvrir les boîtes et le tiroir.

Nous nous sommes assis contre le mur et j'ai proposé des chocolats à Ange en lui promettant que January ne recommencerait plus jamais. Je lui ai glissé Glapi dans la main pour la distraire, et peu à peu elle a fini par se calmer.

– Tu es trop gentille, Erin. Mais Janry, lui, il est trop méchant parfois.

Bientôt, nous avons entendu des bruits de pas résonner sur le plancher de l'imprimerie. C'était Granpa et Mouse qui rentraient, ruisselants d'eau et de boue.

– C'était magique, c'était magique, répétait Mouse, rayonnant de joie.

Il s'est agenouillé par terre, il a ouvert les mains et renversé toutes ses trouvailles : plusieurs galets bleus, un petit crâne d'animal, une pièce de monnaie, une anse de tasse rouge, un bol en plastique vert.

– Vous avez vu ? Il y a encore des milliers de choses à récupérer. On a creusé, creusé… J'avais l'impression que j'aurais pu creuser jusqu'au milieu de la terre. On voyait même l'eau du fleuve remonter à la surface. A la fin on est allés se rincer dans l'Ouseburn. Mais lui, tout ce qu'il a dû trouver ! a-t-il ajouté en se tournant vers Granpa.

Granpa s'était rhabillé, il était assis devant son bureau sur lequel il avait posé son seau et étalé toutes ses découvertes. Ange entourait ses épaules dans un geste plein de tendresse et d'admiration.

– Mardi, ânonnait Granpa tout en écrivant. Ou serait-ce un autre jour ? Découvertes, plusieurs. Moule à gâteau, un, rouillé. Un penny. D'innombrables bouteilles de boisson gazeuse, plastique. Un marteau, sans manche. Deux hameçons, un petit et un grand. Objets jetés dans le fleuve, nombreux. Bijoux, nul. Biens mobiliers, nul. Trésors, nul. Assistant, un…

– C'est Mouse, s'est exclamée Ange, ravie. C'est mon ami, Mouse, Granpa. C'est lui, ton assistant.

– Nom, Mouse, poursuivait Granpa tout en observant Mouse comme s'il était surpris de le voir là. Un assistant venu du fond de la nuit, des noirs Marais Noirs, pour m'aider à creuser et à chercher le trésor d'Ange.

– Il ira t'aider toutes les nuits. N'oublie pas, Granpa, ton assistant doit avoir un seau, un, et des bottes, deux.

– Un seau et une paire de bottes, Mouse ! a-t-elle ajouté, la respiration entrecoupée par l'émotion. Granpa doit être tellement fier d'avoir un assistant comme toi…

16

C'est au milieu de cette nuit-là que Granpa nous a brutalement réveillés.

– Fantômes ! hurlait-il. Fantômes ! Fantômes !

Il se tenait devant les étagères, une aile d'oiseau brisée dans la main et une bouteille à ses pieds.

Nous avons sursauté de nos lits et Ange s'est précipitée sur lui.

– Des fantômes sont venus, mon petit Ange, disait-il en indiquant des traces de semelle sur la poussière noire des étagères.

Je tremblais… C'était l'empreinte des baskets de Jan.

Granpa a levé les yeux vers les boîtes fermées sur les étagères supérieures et il a essayé de grimper mais il tenait à peine en équilibre, chancelant, le visage rouge et crispé par l'effort.

– Granpa, j'ai murmuré.

– Des fantômes, répétait-il d'une voix pleine de méfiance.

Ange tremblait, agrippée contre son bras avec ses doigts palmés.

January s'est levé pour nous rejoindre et a dit tout simplement :

– Mais non, personne n'est venu.

– C'est toi, mon Petit Assistant ? a demandé Granpa en changeant de ton.

– Oui, a répondu Ange, les larmes glissant sur ses joues. Oui, c'est lui, ton Petit Assistant.

– Grimpe, a dit Granpa. Monte là-haut, près des boîtes, vérifie qu'elles ne sont pas ouvertes, Petit Assitant.

A peine réveillé, Mouse s'est frotté les yeux avant de grimper. Je suis allée me placer derrière lui pour le rattraper si jamais il tombait.

– Elles sont bien fermées, les boîtes ? a demandé Granpa.

– Oui, a-t-il répondu en se hissant sur la pointe des pieds pour essayer de soulever les couvercles des boîtes un par un.

– Et les ficelles et les ceintures, elles sont bien nouées ?

– Oui, oui.

Granpa a poussé un profond soupir et dit d'une voix lasse :

– Alors tu peux redescendre.

Les yeux rougis, il examinait les empreintes tout en se grattant la barbe, laissant tomber une poussière noirâtre. Il avait l'air vieux, si vieux.

– Il n'y a rien, murmurait Ange d'une voix tremblante, blottie contre Granpa qui était perdu dans son monde mystérieux. Il n'y a rien. C'est toi, Granpa, tu as des souvenirs et des images qui viennent de tes rêves.

– Il n'y a pas eu de fantômes ?

– Non, il n'y a pas eu de fantômes, Granpa, a répondu Ange une dernière fois avant de le raccompagner à son bureau.

Il s'est assis, le regard dans le vide, tandis qu'elle lui caressait les cheveux. Puis il a levé son crayon et s'est remis à griffonner.

Ange est venue s'allonger à côté de moi et s'est mise à pleurer à chaudes larmes.

– Tout va bien se passer, la rassurais-je.

– Non, Erin, plus jamais, c'est fini.

Elle s'est agitée et retournée dans son lit pendant de longues heures, incapable de trouver le sommeil.

– C'est à cause de Janry Carr, répétait-elle. A cause de lui, j'ai été raconter des histoires et des mensonges. Oh ! Erin. Oh ! ma sœur Erin Law.

17

Mouse portait une paire de bottes que Granpa avait fait sécher et dont il avait renforcé les bouts. Elles étaient beaucoup trop grandes, elles dépassaient la pointe de ses pieds de plusieurs centimètres et lui arrivaient à la hauteur du genou. Par précaution, Granpa les lui avait nouées autour des mollets avec de la ficelle. Il portait également un bermuda bleu marine qui flottait sur lui comme une jupe. Il avait une pelle avec un épais manche en bois décoloré et une lame rouillée.

Il se tenait là devant nous, perdu dans son corps malingre et chétif, clignant des yeux, les joues brûlantes, à la fois gêné et fier. A ses pieds, Glapi lui coulait des regards admiratifs en poussant des cris aigus.

Enchantée, Ange frappait dans ses mains.

– Oh ! Mouse, mon petit Mouse adoré, comme tu es mignon ! Dis-lui, Erin ! Dis-lui comme il a l'air mignon.

– C'est vrai, tu es trop mignon, Mouse.

Granpa réfléchissait à l'écart.

– Tu m'as l'air parfait, Petit Assistant. Ton seau t'attend devant la porte à côté du mien. Cette nuit on repart à la chasse aux trésors.

– D'accord, Granpa, a répondu Mouse en levant la main devant son front, comme pour un salut.

– Vous avez entendu ? Vous avez entendu ? pouffait Ange. « D'accord, Granpa. » Un parfait petit assistant. Oh ! Mouse. Je suis tellement fière de toi ! Grâce à toi, on trouvera le trésor encore plus vite !

Elle a pris un chocolat et s'est mise à sautiller joyeusement autour de la pièce. Granpa a mis son casque et boutonné sa veste.

– C'est l'heure de patrouiller, a dit Ange, soudain calme.

– C'est l'heure de patrouiller, a repris Granpa avant de jeter un dernier regard sur les étagères du haut et sur les empreintes de pied.

Il a sorti une clef de sa poche et ouvert le tiroir du bureau pour prendre son couteau de cuisine.

– Il faut faire attention, Ange.

Elle a fait une grimace en direction de January tandis que Granpa enroulait le couteau dans un linge et l'enfilait dans la poche de sa veste. Il a refermé le tiroir à clef, il est allé embrasser Ange, il a adressé un salut à Mouse, et il est passé devant nous, le regard glacial, comme s'il ne nous voyait pas. Puis il a quitté l'imprimerie.

– Enlève ces trucs débiles, Mouse, a dit January.

En rougissant, Mouse a posé la pelle contre le mur et repris ses habits sur le lit.

Ange secouait la tête avec lassitude.

– Allons nous promener pour parler des mamans et des papas et des trésors, Erin.

– D'accord.

J'ai fusillé January du regard et j'ai pointé du doigt en disant :

– Tu n'as pas intérêt à recommencer.

– Bien sûr que non, Erin, ma meilleure meilleure amie. Puis, abandonnant son ton ironique, il a ajouté en soupirant : De toute façon, je crève de faim.

– Il y a plein de chocolat et de corned beef, l'a rassuré Ange.

– Du chocolat et du corned beef, génial ! Puis il s'est dirigé vers la porte en annonçant : Je vais voir ce qu'il y a d'autre.

– Fais attention ! ai-je lancé.

– Attention !

– N'oublie pas, le couteau.

Il a tapoté sur sa poche avec un large sourire, là où il conservait son canif. Il est sorti calmement de l'imprimerie. Ange secouait tristement la tête. Elle m'a repris la main en me chuchotant :

– Sacré Janry Carr.

Puis son visage s'est éclairé soudain :

– Allez, viens, Erin, viens me raconter tes histoires de mamans et de papas.

Appuyées l'une contre l'autre près de la porte, nous avons commencé à discuter de tous les mystères qui nous entouraient.

Granpa était parti en patrouille, January avait disparu, Mouse jouait tranquillement avec sa souris.

Quelques heures plus tard, Jan est revenu avec un carton dans les bras qu'il a fait tomber à nos pieds. Il était plein de provisions : il y avait des conserves de haricots, de petits pois et de fruits, des paquets de biscuits, du ketchup, des boîtes de lait en poudre, des céréales, des canettes de Coca, du café, des sachets de thé.

– C'est une véritable mine de trésors ici ! riait-il.

Ange écarquillait les yeux, les mains plaquées contre son visage.

Jan m'a immédiatement donné une tablette de chocolat aux fruits et noisettes puis il a ouvert un paquet de biscuits pour le tendre à Ange.

– Allez, prends-en.

– Il faut conserver ces provisions le plus longtemps possible, Janry Carr.

– Ne t'inquiète pas, elles se conservent ! Tu pourrais nourrir une armée entière avec tout ce qu'il y a dehors.

– Quel soulagement de savoir qu'on a encore toutes ces caisses qui ne demandent qu'à être ouvertes, s'est exclamé Ange.

– Quel soulagement, oui ! Allez, prends-en, sers-toi.

– Mais qu'est-ce qu'il va dire, Granpa ?

– Granpa !

Il a fourré un biscuit dans la bouche et mangé en soupirant de plaisir. Elle a avancé une main hésitante vers le paquet.

– Il ne s'en rendra même pas compte. Allez, sers-toi, ne sois pas sage pour une fois.

Elle a avancé la main jusqu'au paquet, elle a pris un biscuit, et elle a commencé à grignoter timidement.

– C'est bon ?

– Miam. Plus bon que bon... Mais il faudra tout cacher, sinon Granpa sera furieux.

– Où est-ce qu'on pourrait les cacher ? a demandé Jan.

Elle nous a indiqué l'une des grandes presses de l'imprimerie :

– Peut-être là, en-dessous. Il ne verra rien.

Jan a tiré la caisse en sautillant et l'a enfouie loin des regards avec un large sourire de satisfaction.

– Bonne idée, Ange.

– Je suis en train de devenir mauvaise.

– Mais non, la rassurais-je.

Jan lui a adressé un clin d'œil complice et elle m'a lancé un regard de côté en rougissant.

18

C'était en pleine nuit. La lune brillait. Une musique lointaine montait des quais Norton. Nous étions allongées par terre, contemplant les Marais Noirs en contrebas. January était tapi quelque part dans l'ombre. Mouse pataugeait et dérapait dans ses nouvelles bottes derrière Granpa en traînant sa pelle et son seau.

– Tu dois être fière, Erin. Ton ami Mouse est le Petit Assistant de Granpa.

– Oui, c'est vrai…

– C'est merveilleux, disait-elle en gigotant et en gloussant.

Nous suivions du regard ces deux silhouettes noires qui glissaient à travers les Marais. J'avais passé mon bras autour d'Ange. Elle était tellement fragile, une vraie petite sœur… Le ciel au-dessus de la ville était incandescent. On entendait la circulation lointaine de la ville, ce bourdonnement continu auquel se mêlait le grondement du fleuve.

– Petit Assistant ! s'est élevée la voix de Granpa.

– Oui ?

– N'oublie pas ! Tu dois me montrer tout ce que tu trouves !

– D'accord, Granpa !

D'accord, Petit Assistant ! Allez, creuse avec ta pelle.

Mouse est allé montrer à Granpa ce qu'il avait trouvé. Granpa a examiné l'objet à la lumière de la lune puis l'a rejeté dans le fleuve. Mouse est tranquillement retourné à ses fouilles.

– Ange, dis-je soudain. Tu n'as pas peur qu'il ne trouve jamais de trésor ?

– Oh ! Erin, toutes ces questions que tu poses…

– Tu n'as pas peur qu'il n'y ait rien ?

– Granpa trouve toujours quelque chose.

– Oui, mais ce ne sont pas des trésors, Ange.

– Non, je sais.

– Tu vois, toi aussi tu as peur qu'il ne trouve jamais de trésor.

– Oui, tu as raison. Quand je dors, parfois j'ai peur, Erin.

Mouse avait encore trouvé quelque chose que Granpa avait rejeté dans le fleuve mais il ne se décourageait pas, il creusait, creusait, inlassablement, de plus en plus profond. Il avait sauté à l'intérieur de son trou, enfoncé jusqu'à la taille, puis jusqu'à la poitrine.

– Il est parfait pour creuser, notre petit Mouse, a fait remarquer Ange.

– Oui, c'est vrai. Fais attention, Mouse ! ai-je ajouté en hurlant.

– N'aie pas peur. Granpa veille sur son Petit Assistant.

– Raconte-moi tes rêves, Ange. Raconte-moi ce que tu vois.

– Oh ! Erin, ça c'est le plus secret des secrets.

– Raconte-les moi tout bas.

– C'est ça qui met Granpa hors de lui.

– Raconte-les moi tout bas. Je suis ta sœur, Ange.

– Tu ne diras rien à personne ?

Levant les doigts au ciel, elle a pris une profonde respiration et peu à peu a commencé à se confier.

– Dans mes rêves, je suis comme un fantôme. Je suis avec eux, ça veut dire comme les fantômes.

– Mais qui sont-ils, ces fantômes, Ange ?

– C'est difficile à raconter, Erin. Simplement ils sont à côté de moi, ils me tiennent contre eux, ils me caressent et ils me murmurent des paroles affectueuses, si affectueuses, si douces.

– Tu vois leur visage ?

– Des visages heureux. Doux et bons.

– A quoi est-ce qu'ils ressemblent, Ange ?

– Le plus mignon est une petite fille qui a les cheveux blonds comme le soleil et les yeux bleus comme l'eau qui coule. Elle a sur le cou des paillettes argentées et des fleurs sur le corps.

– Qui encore ?

– Il y a un autre fantôme, plus loin, mais celui-là, je ne le distingue pas aussi bien. On dirait une ombre. Il y en a encore d'autres, des petits, des grands, mais je ne les vois pas non plus très bien. Ce sont de fines silhouettes qui glissent à fleur d'eau avec un rire léger.

Elle a repris sa respiration et mordu dans un biscuit.

– Surtout ne répète rien à Granpa.

– Je ne dirai rien, je te promets.

Devant nous Mouse continuait de creuser.

– Mais le plus touchant, c'est cette petite fille, Erin. Elle me fait parfois pleurer dans mon sommeil.

– Qu'est-ce qu'elle te dit ?

– Des mots tendres, des mots chuchotés.

– Est-ce qu'elle t'appelle Ange ?

– Non.

– Comment t'appelle-t-elle ?

– Ne le répète à personne, a susurré Ange dont la voix n'était plus qu'un mince filet.

– A personne, promis.

– Elle chuchote « Anna, Anna, ma petite Anna ».
– Anna ? C'est ton prénom ?
– Non, c'est Ange. Anna, c'est mon nom de la nuit, c'est mon nom de rêve et de jeu. C'est un nom que tu ne dois répéter à personne, surtout pas à Granpa. Il ne faut absolument rien lui dire…
– Tu ne lui en as jamais parlé ?
– Si, il y a très longtemps, très très longtemps. Il prétendait que tout ça c'était des mensonges et des illusions. Il était fou de rage, Erin, plus fou que fou. Il ne faut absolument rien lui dire. Rien.
– Rien, répétais-je à son oreille en la tenant serrée fort contre moi.
– Ange…, ai-je encore tenté, alors que tant de questions me venaient à l'esprit.
– Ne me demande plus rien, Erin.
– Mais…
J'étais sur le point de lui poser une nouvelle question quand soudain un cri a retenti dans les Marais. Mouse a bondi hors de son trou et s'est mis à courir à toutes jambes vers nous en hurlant mon nom. Il a sauté au-dessus du radeau et s'est précipité sur l'échelle. Il est arrivé devant nous, tremblant, à bout de souffle, ruisselant d'eau et de boue.
– Erin ! Erin ! hurlait-il.
– Qu'est-ce qu'il se passe, Mouse ? ai-je demandé en le saisissant brutalement.
– Un corps ! il s'est écrié, hagard, les yeux enflammés. J'ai trouvé un corps, Erin. Et tout à coup il a éclaté en sanglots.
En contre-bas, appuyé contre sa pelle, Granpa nous observait sous le clair de lune.

19

– Au meurtre ! hurlait January.

Immédiatement, je me suis réfugiée contre Ange, terrifiée.

– Au meurtre ! hurlait-il.

Il avait sorti son canif qu'il brandissait dans son poing.

– Au meurtre ! C'est ça son secret, un meurtre !

Devant nous, au milieu des Marais, Granpa s'était simplement déplacé près du trou que Mouse avait creusé. Il a fait un pas à l'intérieur et peu à peu sa silhouette sombre s'est enfoncée dans la terre.

– Qu'est-ce que tu as vu exactement ? a demandé January à Mouse qui arrivait à peine à respirer et à articuler.

– Un corps. Il y avait un corps d'homme. J'ai senti quelque chose. Je croyais que c'était un objet. J'ai plongé la main et j'ai senti des doigts, puis une main. Je l'ai vue briller au clair de lune. Elle était tendue vers moi, glacée et inerte.

– Plus calme que le calme, ai-je murmuré.

– Plus calme que le calme, Erin.

– Quoi encore ? a demandé January. Le visage ?

Mouse le regardait, hébété.

– Le visage ? Je n'avais aucune envie de voir un visage. Je n'avais aucune envie de…

– Attention, il arrive, je les ai soudain prévenus.

January a brandi le bras en avant et attrapé Ange à la gorge en lui crachant à la figure :

– Un meurtre ! Un meurtre ! Qui est-ce que Granpa a assassiné ?

– Erin ! Erin ! pleurait-elle en essayant de se dégager pour se rapprocher de moi.

– La hache ! a hurlé January. La hache à côté du bureau. Faut y aller tout de suite !

Nous nous sommes précipités à travers le dédale d'allées sombres qui menaient à l'imprimerie.

– Tu te trompes, pleurait Ange, à la traîne. Erin, dis-lui, dis-lui qu'il se trompe.

Arrivée dans le bureau, j'ai tout de suite reconnu les empreintes des pas de January sur les étagères. Plusieurs objets qui venaient du haut étaient éparpillés par terre. Il a pris la hache. Je lui ai arraché son couteau. Et nous sommes restés un long moment face à face, méfiants.

– On n'est sûrement pas les premiers à se faire piéger, a dit January en fusillant Ange du regard. Allez, parle ! Combien d'enfants est-ce qu'il a tués ? Combien ?

Elle s'était réfugiée derrière moi, terrifiée par January qui jurait et crachait en me lançant des regards accusateurs.

– Et sa famille ? Qu'est-ce qui est arrivé à sa famille ?

– Sais pas, sais pas... C'est impossible, ce que tu racontes.

– Impossible ?

Il a fouillé dans ses poches et m'a montré une vieille photo déchirée et froissée. C'était une photo de famille – le père, la mère et les enfants, souriant. La mère avait les cheveux blonds et les yeux bleus, elle portait une robe d'été à fleurs aux couleurs chatoyantes et tenait un bébé dans les bras. J'étais stupéfaite, mon cœur battait à tout rompre, j'avais le tournis. J'ai rapproché la photo pour essayer de distinguer les doigts du bébé, mais Ange est arrivée et elle a saisi la photo du bout de ses doigts palmées.

– Non, Erin, ce sont mes rêves.

– Elle était là-haut, a dit January en indiquant le plafond avant de hurler, les yeux écarquillés par la rage : Je le savais ! Il les a tous pris au piège, il les a tués !

– Mais non, disais-je.

– Demande-lui.

Elle était prostrée par terre, tremblant de tous ses membres.

– Anna…

– Non, pas ce nom, Erin.

– Anna. Anna. Que vois-tu d'autre dans tes rêves ?

– Rien ! Rien, rien, rien ! Mais Janry Carr n'arrête pas de raconter des histoires et des mensonges.

Soudain, elle s'est précipitée sur lui les doigts grands ouverts comme des griffes mais il l'a repoussée avec une telle violence qu'elle est allée rouler par terre.

– C'est à cause de toi, s'exclamait-il, furieux. C'est toi qui a voulu qu'on reste chez ces monstres. Maintenant tu as intérêt à m'aider à l'arrêter.

On entendit alors résonner du fond de l'obscurité le bruit des pas de Granpa.

20

Il est entré, couvert de boue, noir comme la nuit. Il a lâché ses pelles et ses seaux qui ont claqué contre le sol. Il s'est redressé, raide comme la mort, le regard fixé sur January qui brandissait sa hache au-dessus de la tête tandis que je pointais le canif contre lui.

– Ange ! a hurlé Granpa.

– Granpa !

– Tu vas bien, Ange ?

– Oui, Granpa.

Tout à coup le couteau de cuisine apparut entre ses mains.

– Viens me voir, ma petite. Viens te réfugier à l'abri des fantômes.

Elle s'est levée pour le rejoindre mais je l'ai retenue par le bras.

– Si tu la touches, tu es morte, a sommé Granpa en plissant les yeux. Petit Assistant !

Mouse tremblait et geignait.

– Petit Assistant !

– Oui, Granpa.

– Tu vas bien, Petit Assistant ?

– Il est terrorisé, ai-je murmuré.

– Si tu le touches, tu es morte.

– Assassin ! sifflait entre ses dents January. Assassin !

Granpa a retiré un peu de la boue vaseuse qui lui couvrait les yeux et l'a tancé du regard.

– Viens, Ange, dit-il en lui tendant la main.

Je la retenais de toutes mes forces.

– Ne bouge pas, ma sœur. Ne bouge pas, Anna. Et j'ai fermé les yeux en implorant tout bas : Maman ! Maman ! Maman !

– Calme, Erin, reste calme et tout se passera bien, entendais-je sa voix s'élever en moi.

– Il ne veut pas vous faire de mal, essayait de nous rassurer Ange. Granpa est un bon Granpa. Il ne vous fera aucun mal.

J'entendais la respiration fiévreuse de January qui brandissait sa hache d'une main tremblante. Soudain Granpa s'est avancé vers lui.

– Granpa ! a hurlé Mouse.

– Petit Assistant ?

– Granpa, j'ai trouvé un corps dans les Marais, un corps enterré tout au fond.

– Je sais, Petit Assistant. C'est pourquoi tes fouilles cette nuit ont été très heureuses.

– Heureuses ?

– Heureuses, cher Petit Assistant. Car le corps que tu as trouvé cette nuit est celui d'un saint, un saint que Granpa cherche depuis de très longues années. Maintenant, viens avec moi. Viens avec Ange, éloigne-toi de ces méchants fantômes et je te raconterai l'histoire des saints.

Puis il s'est retourné vers nous pour nous menacer :

– Je vous ai vus. J'ai vu comment vous avez essayé d'écarter mon Petit Assistant du droit chemin. Mais lui et Ange me sont très chers. Il est temps pour vous de partir et de les laisser ici en sécurité avec Granpa.

– On ne partira pas sans eux, ai-je répliqué.

Brusquement il s'est avancé, il a saisi la hache de l'emprise de January et lui a arraché le canif des mains. Il a pris Mouse et Ange dans les bras en essayant de nous intimider :

– Maintenant, soit vous partez, soit Granpa vous chasse par la force.

Il a installé Mouse et Ange derrière le bureau et s'est approché de nous, la hache dans une main, son couteau de cuisine dans l'autre. Nous avons immédiatement reculé contre la porte.

– Granpa ! a hurlé Ange. Ne touche pas mes amis, Granpa !

– Tes amis ! Ce sont des fantômes qui cherchent à t'induire en erreur, ma petite. Dis-leur de partir et de nous laisser seuls ici.

Ange pleurait, les yeux brillants de douleur et d'amour.

– Granpa ! C'est ma sœur que tu veux chasser !

– Tu n'as pas de sœur ! Tu n'as rien ! Tu n'as que Granpa et son Petit Assistant !

– Granpa ! Granpa ! implorait-elle en montrant la photo. Quelle est cette image qui vient de mes rêves ? Qui sont ces fantômes ? Qu'est-ce qui est arrivé à ma Maman et mon Papa ? A mes frères et mes sœurs ?

Il s'est arrêté brutalement. Son corps chancelait :

– Que dis-tu, mon petit Ange ?

– Qu'est-ce qu'il leur est arrivé, Granpa ? A ma Maman, mon Papa, mes frères et sœurs ?

– Vous voyez ? Vous voyez ce que vous lui avez fait ?

Il a laissé tombé la hache et le couteau, il l'a prise dans les bras et tous deux se sont mis à pleurer en essayant de se réconforter.

21

January et moi ne disions pas un mot. Nous observions ce vieil homme immense, ruisselant de boue noire, sanglotant, serrant dans ses grands bras son Ange adorée. Mouse était tapi contre le mur, couvert de boue lui aussi, paralysé par la peur et la fascination.

Soudain nous avons tout abandonné. Les pelles, les seaux, les étagères pleines de trésors, le grand registre, les couteaux et la hache. Et nous sommes sortis en faisant signe à Mouse de nous suivre avant de refermer la porte du bureau.

– Je rêve ? a demandé January en se frottant les yeux.

– Non, tu ne rêves pas.

– Tu as vraiment découvert un corps ?

– Oui, a répondu Mouse.

Nous tremblions de peur, déroutés, tournant en rond entre les aigles et les anges. Des chauves-souris voletaient contre le ciel étoilé. La clarté de la lune illuminait la pièce.

– J'ai trouvé des tas d'autres choses dans son bureau, a dit January, des journaux, des photos, des papiers couverts de ratures, des dessins… Les boîtes en sont remplies.

– C'est ça, ce qu'il appelle ses trésors, tout ce qui est lié à son histoire.

– Oui, je suis tombé dessus au moment où on a entendu crier Mouse.

Nous sommes restés un moment silencieux sous la

clarté de la lune, encore abasourdis par ce qui nous arrivait dans ce lieu qui recelait tant de mystères.

– Pourquoi est-ce qu'on ne part pas ? a proposé January. On reprend le radeau et on laisse tout tomber.

– On ne peut pas, ai-je répondu.

– Mais, si, on peut parfaitement.

Nous nous sommes assis dans l'encadrement de la porte, le regard perdu au loin, du côté du fleuve. Bientôt Mouse s'est roulé en boule et s'est endormi.

– Regarde-le, riait January. On dirait qu'il est chez lui. Il s'endort n'importe où, n'importe quand.

– Un vrai loir, non ?

Nous nous sommes blottis l'un contre l'autre.

– Je n'arrête pas de rêver que tu es parti, Jan, et que tu vogues tout seul sur la mer.

– J'ai failli le faire, descendre jusqu'au radeau, monter et partir tout seul. Facile à dire…

– Oui, mais tu ne l'as pas fait.

– Je crois que j'en suis incapable. Je ne pourrais jamais t'abandonner, Erin.

– Je sais… Et tu sais qu'un jour je partirai avec toi jusqu'au bout du monde. Au bout du monde. Avec toi j'irai jusqu'aux frontières de la mort. Tu le sais, non ?

– Oui, je sais, Erin.

Nous contemplions le fleuve qui miroitait dans le lointain sous la nuit étoilée, plongés dans nos souvenirs, dans nos secrets et dans nos rêves. Je m'étais échappée dans le petit jardin de Saint-Gabriel, protégée par Maman qui me serrait dans ses bras.

Mais January, où était-il ? Dans une boîte en carton, peut-être, enroulé sous les couvertures, au milieu de cette âpre nuit d'hiver.

Longtemps nous avons médité en silence. La lune poursuivait son parcours à travers la voûte étoilée. La rumeur de la circulation grondait au loin, une musique s'élevait au loin.

Peu à peu j'ai senti January se calmer. Sa rage, sa peur, son agitation s'apaisaient peu à peu.

– Erin.

– Oui.

– Est-ce que tu crois qu'un jour on arrivera à connaître notre histoire ?

Je pensais à cette jeune femme si belle qui avait dû se précipiter aux pieds des marches de l'hôpital en pleine nuit. Je songeais à ce marin qui était reparti voguer sur son navire.

– Je ne sais pas. Il y aura toujours des choses qui nous échapperont. Mais qui sait ? Un jour, peut-être, alors que tu ne t'y attendras pas le moins du monde, ta Maman reviendra et te dira « Bonjour, je suis ta Maman. »

– Oui, j'en suis sûr, elle reviendra. Il s'était redressé et me regardait droit dans les yeux. Elle m'aime et elle veut me retrouver, Erin. Un jour elle reviendra me chercher.

Puis il s'est laissé tomber contre moi et il a ajouté :

– Je n'ai rien, tu sais.

– Rien ?

– Pas de trésors. Pas de photos. Pas de boucles d'oreilles. Pas de rouge à lèvres. Rien. Pas le moindre souvenir. Simplement des rêves, des fantasmes et des espoirs vains.

– Tu as tes amis.

– Peut-être.

– Si. Tu as des amis qui t'aiment.

– Parfois, j'ai tellement de haine en moi. Je hais tout le

monde et j'ai envie de leur faire mal pour qu'ils me haïssent à leur tour.

– Je sais… Mais tu ne peux pas en rester à la haine.

– Non. De toute façon je n'en suis même pas capable.

Silence. Maman était à nos côtés, elle nous berçait dans ses bras et je sentais la caresse de son souffle contre ma joue. Sous la clarté de la lune, nous nous laissions aller à une longue rêverie entre veille et sommeil, entre joie et crainte face à ce monde mystérieux.

22

L'aurore s'était levée. Les étoiles s'étaient évanouies, les pigeons et les moineaux avaient pris la place des chauves-souris. Les mouettes recommençaient à hurler au-dessus du fleuve. Nous nous sommes dévisagés avec surprise, souriant, et nous nous sommes levés. Doucement, nous sommes allés réveiller Mouse.

– Dieu sait ce qu'il s'est passé là-dedans cette nuit, a dit January.

Dans le bureau, un profond silence régnait. Assis par terre, Granpa berçait Ange dans ses bras. Autour d'eux des boîtes gisaient grandes ouvertes. Ange tenait une photo entre ses doigts palmés.

– Erin ! elle s'est écriée, les yeux brillants, brûlés par les larmes. Je croyais que tu étais partie avec January Carr. Oh ! Erin.

Je suis allée m'asseoir à côté d'elle et elle m'a montré une photo froissée, aux couleurs passées, où l'on distinguait une famille : la mère, le père et quatre enfants assis devant eux.

– Regarde plus près. Tu verras ton Ange, minuscule.

C'était la plus petite des quatre. Elle avait les cheveux blonds, les yeux brillants, les joues pâles. Et de toutes petites menottes dont les doigts étaient reliés par de fines membranes que l'on apercevait aussi entre ses doigts de pied. Elle était assise sur les genoux de la femme qui la tenait avec tendresse.

– C'est moi.

– C'est toi.

– Je n'arrive plus à parler, Erin.

– Tu n'as pas besoin.

– C'est elle ? ai-je soudain demandé à Granpa.

– Oui, c'est elle, c'est Ange.

On lisait dans les yeux de Granpa le reflet de souvenirs anciens, de secrets, d'images brouillées.

Elle a effleuré du bout des doigts son image, celle de sa mère, de son père, sa sœur, ses frères.

– Je m'appelle Anna, Anna, Anna..., murmurait-elle en se mordillant la lèvre au moment où elle prononçait son nom. Ça sonne de façon si étrange dans ma bouche. Anna... Anna...

– Tu étais un adorable petit bébé.

– C'est vrai, a ajouté January qui avait pris la photo pour l'observer. Tu étais adorable, Anna.

– Je n'étais pas une espèce de poisson ou de grenouille perdue au fond des Marais Noirs.

– Non, tu étais comme moi, une espèce de poisson ou de grenouille qui avait grandi dans le ventre de sa maman.

Elle avait repris la photo et caressait le visage de la femme. Elle était hébétée, paralysée par la joie et la crainte.

– C'est ma Maman. C'est mon Papa. Ce sont mes frères et ma sœur.

Il y avait d'autres photos, toutes passées, fripées, décolorées, comme si on les avaient retrouvées au fond de l'eau. Elles figuraient toutes les mêmes personnes sous différents angles. Sur une photo, on les voyait rire ensemble dans un canapé au milieu d'un salon. Sur d'autres, on ne voyait que les enfants, ou que les parents.

Il y avait une photo des parents le jour de leur mariage : elle portait une robe et un voile blanc, lui était vêtu de noir, et tous deux avaient un sourire éclatant. Une autre photo représentait toute la famille dans un bateau à voile, rassemblée autour du mât. Ils portaient tous des gilets de sauvetage, même la petite Anna. Le vent fouettait leurs cheveux tandis qu'une mer houleuse dansait derrière eux.

Nous étions plongés dans ces photos qui révélaient l'histoire d'Anna.

– Tu avais l'air si heureuse…

– C'est vrai. Mais aujourd'hui j'ai la tête qui claque comme une aile de pigeon, tournoie comme l'eau vive et danse comme la poussière. Je ne sais plus si je suis heureuse.

– Ta Maman était merveilleuse, ton Papa, tes frères, ta sœur, merveilleux. N'importe qui donnerait tout pour avoir une famille aussi merveilleuse. Ce sont eux tes trésors, Anna. Aujourd'hui tu as retrouvé tes trésors.

Elle a effleuré le visage de sa Maman.

– Maman…, chuchotait-elle. Maman… Maman…

Granpa baissait la tête. Des larmes coulaient le long de ses joues.

– Je me suis trompé, disait-il. C'était ton trésor, mon Ange, le trésor qui devait te rendre heureuse à jamais. Mais regarde les larmes que tu verses à présent.

– Et celles que tu verses, Granpa.

Elle a tendu les bras vers lui, elle l'a pris contre elle et ils se sont longuement bercés.

J'ai sorti un journal rangé dans une des boîtes. Il remontait à dix années. Un gros titre annonçait le naufrage en mer d'une famille.

Soudain, January a remis le journal dans la boîte en me regardant droit dans les yeux.

– Le corps, il faut absolument le retrouver.

– Tu plaisantes ? ai-je répondu, sachant pertinemment qu'il n'en était rien.

23

Jan et moi, nous sommes partis dans les Marais, en laissant Mouse avec Granpa et Ange dans le bureau.

- Tu es fou, répétais-je.

– C'est ça, c'est tout ce que tu trouves à dire, que je suis fou ? répondait-il avec son sourire diabolique. Et ton goût de l'aventure, hein ?

– Bon, d'accord, j'avoue que je préfère que tu ne sois pas parti tout seul.

Sur ce, je lui ai donné un petit coup de coude en riant.

– Moi aussi.

– Allez, à l'aventure !

– Oui, à l'aventure, toi et moi.

– Toi et moi, j'ai renchéri, frémissant légèrement. Toi et moi à la recherche du corps au fond des Marais Noirs.

Sur le quai, le soleil était déjà levé, brillant au-dessus de la mer voilée par la brume.

– Et si c'était un meurtre ? pensais-je tout haut.

– Tu crois ?

– Rappelle-toi la nuit dernière, il était prêt à tout pour protéger Ange.

– Tu as raison, c'est sûrement un meurtre.

– Dans ces cas-là, qu'est-ce qu'il faut faire ?

– Comment ça, faire ?

– Ben… la police. Il faut bien faire quelque chose quand il y a un meurtre.

– Les dents de l'Enfer, Erin. Essayons d'abord de retrouver le corps, après on avisera.

A nos pieds, le flux et le reflux de la marée avaient presque entièrement effacé les trous creusés la veille. Le radeau reposait sur la terre marécageuse. Sur l'autre rive, deux coureurs matinaux longeaient la piste cyclable.

– Les fameux fantômes..., a dit January d'un ton moqueur.

Nous observions le paysage en contre-bas pour essayer de repérer où exactement Mouse avait pu creuser son trou la nuit précédente.

– On ne retrouvera jamais l'endroit précis.

– Tu te dégonfles ? m'a répondu sèchement January.

– Non mais...

– On va le retrouver. Allez, viens.

Il est descendu le long de la vieille échelle et je l'ai suivi jusqu'au terrain marécageux, à la limite de la terre ferme, là où l'on commençait à patauger et à s'enfoncer dans un sol mou.

– C'est par là, je pense, m'assurait January, avant d'ajouter sur un ton railleur : Allez, Petit Assistant, prends la pelle et creuse.

Les pelles avaient beau glisser et déraper dans la vase, nous arrivions à soulever d'énormes pelletées d'un mélange nauséabond et visqueux de terre et d'eau. Nous retirions des masses de cette espèce de magma pour creuser des trous de plus en plus profonds dans lesquels nous glissions parfois jusqu'au genou. Acharné sur sa pelle et poussant des hurlements, January ressemblait à une créature démente façonnée dans cette boue noire. A mesure qu'avançait la matinée, le soleil montait, la température se radoucissait, et une odeur de plus en plus forte, mélange de graisse, de pourriture et d'ordures, se dégageait. Saisis à la gorge, nous étouffions et recrachions des bouchées pleines de ce limon qui pénétrait les yeux, les oreilles, les moindres plis de la peau. Peu à peu je commençais à avoir des doutes, persuadée que Mouse s'était trompé, qu'il n'y avait pas de corps, mais rien que des pierres, des morceaux de poterie brisée et d'innombrables papiers gras que l'on rejetait au loin. Et si nous retournions au bureau pour essayer de convaincre Ange de fuir avec nous ? Ou si nous allions à la police pour qu'elle vienne sur les lieux et nous aide à résoudre cette énigme ? J'aurais fait n'importe quoi pour arrêter de creuser dans ces épouvantables Marais à la recherche d'un cadavre que je n'avais pas la moindre envie de découvrir. Cependant je creusais, je crachais, je m'essuyais le visage, je creusais encore et encore... J'étais à bout, prête à dire à January que j'abandonnais, quand soudain j'ai aperçu l'extrémité de plusieurs doigts surgir hors de la vase.

Sans un mot, j'ai bondi hors du trou. J'ai fixé mon regard sur l'horizon au-delà du fleuve, du côté du monde réel, là où le pont était illuminé par les feux de la circulation, là où se dressaient les toits et les flèches de la ville qui grondait.

– Erin !

Soudain j'ai tourné la tête vers lui.

Il essayait de sortir de son propre trou.

– Erin ?

– Oui, oui..., répétais-je en hochant la tête, incapable de regarder à mes pieds.

– Où ? demanda-t-il en s'agenouillant.

– Là... Et là...

Il s'est glissé au fond du trou pour continuer à dégager la vase à la main.

A sa façon de haleter, je savais qu'il avait trouvé.

24

– C'est un faux, dit January

– Hein ?

– C'est un faux, un mannequin, une statue, ou un truc de ce goût. En cuir ou en bois, ou ce genre de matière. Mais c'est pas un corps, pas un vrai.

Il était agenouillé à côté du trou.

– Viens, viens, descends, tu verras toi-même.

Je n'osais toujours pas baisser le regard.

– Viens, Erin.

J'ai pris une profonde respiration et je suis redescendue. Cette fois-ci on voyait une main entière dépasser et briller sous le soleil. On distinguait parfaitement le dessin des courbes au bout des doigts et les lignes qui parcouraient la paume. J'ai tâté : oui, c'était une vraie main. Pourtant, elle ne semblait pas faite de chair et d'os, ni recouverte de peau, mais d'un genre de cuir. Figée là, elle semblait attendre un cadeau, une offrande.

– Tu as vu ?

– Oui.

J'ai continué à dégager la terre autour de la main, et peu à peu sont apparus un avant-bras, puis un coude, couverts d'une peau semblable à du cuir, une peau douce, très fine, luisant sous la lumière du soleil. J'admirais la beauté de cette main, si proche d'une main vivante, ou une copie de main vivante, abandonnée là au milieu des Marais Noirs en attendant d'être découverte. Puis j'ai dégagé le haut du bras, l'épaule, le buste, et la cage thoracique, au dessin parfait, drapée dans cette étrange peau. Éberlué, Jan dévorait des yeux cet hallucinant spectacle. Je me suis retournée pour l'interroger :

– Qu'est-ce tu crois qu'il voulait dire, Granpa, quand il parlait de saint ?

Hypnotisé par ce magnifique objet surgi du fond des Marais, les yeux exorbités, January pouvait à peine parler.

– Sais pas, Erin.

J'ai continué à dégager le corps... Des lambeaux d'une espèce de toile collée sur le corps se déchiraient et partaient avec la boue. Apparut alors un morceau de métal, une espèce de fermoir. Après l'avoir regardé face au soleil, je l'ai donné à Jan à qui je passais aussi les petites pièces de monnaie que je trouvais. Apparut ensuite un second fermoir, sur la poitrine, que je lui ai aussi remis.

– C'est quoi ? demandait-il.

Soudain je me suis arrêtée. J'ai fait une prière. J'ai invoqué Maman à voix basse. Enfin, j'ai commencé à dégager le visage.

Sa tête reposait au fond de la vase noire. Il avait les joues creuses, les yeux fermés, des cheveux noirs emmêlés sur le front. Les lèvres dessinaient une simple ligne droite. Le visage brillait, réfléchissant la lumière dans un éternel repos. Mais là, dans la boue, il faisait face au soleil, comme s'il attendait, comme si ses yeux allaient naturellement s'ouvrir et plonger dans les miens. J'ai effleuré du bout des doigts ce beau visage. A présent je savais que ce n'était pas un mannequin ni une statue. C'était un homme mort, enfoui au fond des Marais Noirs depuis de nombreuses années, et conservé par le limon et la terre. C'était un jeune homme, très beau, qui appartenait à une époque déjà ancienne.

Je suis remontée voir January pour lui faire partager ma découverte.

– C'est un homme, un homme dont le corps ne s'est pas décomposé. Mais comment se fait-il qu'on n'ait pas plus peur que ça ?

– Je ne sais pas.

– Il est émouvant, non ?

– Plus émouvant qu'émouvant, a répondu Jan en riant et secouant la tête.

– Qu'est-ce qu'on fait ?

– Si je savais…

Nous avons nettoyé les fermoirs en métal et les pièces de monnaie pour les examiner.

– Pas si vieux que ça, a dit January. Une centaine d'années peut-être, à peu près.

– Ça n'est pas Granpa qui l'a assassiné.

– Non, ça n'est pas Granpa qui l'a assassiné.

– Il date sans doute de l'époque où le fleuve transportait des centaines de navires, quand il y avait des milliers d'hommes qui travaillaient sur les quais pour les chantiers navals. Il a dû tomber dans l'eau mais personne ne s'en est rendu compte avant qu'il ne soit trop tard.

– Ils ont dû faire des recherches pendant des semaines et des semaines. Ils croyaient certainement qu'il avait sombré au fond du fleuve ou qu'il avait été emporté par la mer.

– Ça vient d'une salopette, a dit January en examinant les fermoirs. C'est sûr. Ce sont des boucles de salopette.

– Un ouvrier.

– Un ouvrier, oui.

Nous observions les berges du fleuve, du côté où l'on avait rasé les entrepôts et les ateliers. Le terrain avait été réaménagé : on avait planté du gazon et construit des allées piétonnes et des pistes cyclables. À la place des vieilles grues de chantier et des anciens débarcadères, il y avait aujourd'hui de nouveaux pubs et des boîtes de nuit. Plus haut subsistaient encore des terrains vagues et des quais abandonnés, qui n'allaient pas non plus tarder à être réaménagés. Derrière nous aussi, les ateliers en ruines et l'imprimerie allaient être démolis et éliminés.

Nous admirions ce beau jeune homme gisant dans la boue, dernier vestige d'une époque que l'on allait définitivement effacer.

– Il devait avoir une femme et des enfants, pensais-je. Ils ont dû attendre son retour, mais il n'est jamais revenu.

– Qui était-ce ?

– On ne le saura jamais.

– Mystère.

– Qu'est-ce qu'on fait ?

– Soit on le laisse ici, soit on le réenterre, ou alors on le sort.

Sans dire un mot, nous sommes descendus et délicatement, nous avons glissé les mains sous son corps pour le dégager du fond des Marais. Il portait encore des bottes de cuir, intactes elles aussi. Nous l'avons transporté ainsi jusqu'à la terre ferme. Il était souple, facile à manipuler, car les articulations étaient encore assez flexibles. Nous l'avons étendu sur le radeau, face au ciel. Accroupis à côté de lui, nous caressions sa peau, son visage, son front. Nous avons recoiffé ses cheveux et nettoyé son corps avec l'eau du fleuve. Il semblait encore plus vivant, encore plus beau. Enfin, nous l'avons transporté jusqu'au pied de l'échelle.

25

Nous nous sommes arrêtés au bord de l'Ouseburn pour baigner entièrement le corps et nous laver avant de rejoindre l'imprimerie. Là, après avoir dégagé une place au milieu des gravats, nous l'avons soigneusement installé par terre, sous les ailes d'un ange. Nous avons disposé les boucles métalliques et les pièces de monnaie autour de sa tête et écrit avec les lettres en plomb :

LE SAINT

A présent il était illuminé par le soleil qui rayonnait à travers les poutres et la poussière dansante. Un oiseau caché dans la toiture se mit à chanter. Il gisait là, endormi à jamais. Pourtant il semblait prêt à ouvrir les yeux à tout moment, prêt à étirer les bras et les jambes et se redresser pour reprendre sa place dans le monde.

Plus tard nous sommes retournés dans le bureau. Ange était encore en train d'admirer ses trésors avec Mouse. Granpa était assis devant son livre dont il tournait les pages en sens inverse.

– Venez voir, nous avons appelé Ange et Mouse avant de les emmener à travers les travées et les presses pour leur montrer le gisant.

– Qui est-ce ?

– Mystère… Un ouvrier, sûrement.

Terrorisés et fascinés, ils admiraient en silence.

On vit alors Granpa s'avancer de son pas lourd, toujours couvert de boue. Tranquillement, il s'est agenouillé pour observer l'homme mort.

– C'est une grande joie, Petit Assistant. Tu as découvert un saint.

– Un saint ? a demandé Mouse.

– Oui, un saint, car les saints, vois-tu, sont destinés à être découverts, comme les secrets et les trésors. Ils nous viennent d'un temps reculé, très reculé, un temps antérieur à celui de Granpa et d'Ange, un temps antérieur au nôtre.

Il a fait une pause pour regarder Mouse puis il a tendu la main vers lui et a poursuivi en lui caressant la joue :

– Un jour, il y a très longtemps, j'ai entendu dire que plusieurs saints étaient ensevelis dans les Marais. Ils étaient destinés à être découverts par quelqu'un comme toi, Mouse, quelqu'un dont le cœur est empli de bonté. Aujourd'hui, Petit Assistant, c'est à moi de te rendre grâce pour avoir découvert et libéré cet homme saint du fond des ténèbres.

Il a fermé les yeux. Priait-il ? Quant à moi, au milieu de l'étrange cercle que nous formions autour de ce corps allongé sous le toit en ruines, j'avais l'impression de rêver, d'halluciner. « C'est impossible », pensais-je. A ce moment-là, je me suis rappelée les paroles de Wilson Cairns avant notre départ : « C'est possible. C'est possible. » Je me suis rappelée son regard extraordinaire qui semblait dévoiler un univers magique au-delà du monde réel. Je me suis rappelée ses derniers mots : « Gardez les yeux grands ouverts. » Soudain, une immense clameur surgit à l'extérieur, comme le vrombissement d'une énorme machine.

Granpa s'est penché vers Ange pour lui murmurer à l'oreille :

– J'ai été un bon Granpa...

– Tu es un merveilleux Granpa, répondait-elle en s'accrochant à lui.

– Voilà, maintenant tu as vu tous tes trésors.

– Merci, Granpa.

– Je t'ai caché beaucoup de choses.

– Oui, Granpa. Beaucoup, beaucoup de choses.

– Mais il en reste encore beaucoup à te montrer. Et il a ajouté, en se tournant vers moi : Ton amie me comprend, j'en suis certain. J'ai essayé de préserver ces trésors parce que j'en suis le gardien.

Il avait l'air vieux, si vieux… Il nous regardait tous les trois d'un air las quand soudain il a demandé :

– Ce sont tes frères et sœurs, Ange ? Les frères et sœurs que tu as retrouvés ?

Elle s'est tournée vers nous pour nous demander tour à tour :

– Mouse Gullane, veux-tu être mon frère ?

– Oui.

– Janry Carr, veux-tu être mon frère ?

– Oui.

– Oui, a repris Ange, ce sont mes frères et ma sœur, ils sont venus me retrouver, Granpa.

– Merveilleux… merveilleux…, répétait Granpa. Erin, tu t'occuperas d'Ange désormais ?

– Oui. Désormais nous nous occuperons d'Ange.

– Et tu lui expliqueras tout ce qu'il faut ?

– Oui.

Des larmes coulaient le long des traces de boue qui maculaient son visage.

– Voici ta véritable histoire, mon petit Ange. Je t'ai trouvée étendue dans les Marais Noirs une nuit sous la lune et je t'ai transportée jusqu'ici afin de prendre soin de toi. Tu avais tes petits trésors emballés dans la poche, je les ai pris et je les ai cachés pour te préserver. Je voulais te protéger, mon Ange

– J'ai toujours été heureuse, Granpa. Plus heureuse qu'heureuse.

Il chuchotait, d'une voix qu'on entendait à peine :

– Le temps est venu pour toi de traverser le fleuve et rejoindre le monde des fantômes, mon petit Ange.

– Oh ! Granpa. Oh ! mon Granpa adoré…

J'ai levé la tête et tendu l'oreille : non loin, l'immense clameur se rapprochait.

26

J'ai quitté l'imprimerie et je suis partie seule à travers les allées vers le fleuve, du côté des entrepôts, au milieu des hangars, des usines et des ateliers en ruine. J'enjambais des murs abattus, je trébuchais sous des toits chancelants, je sautais au-dessus des trous et des ornières. Partout de vieux panneaux à peine lisibles signalaient la présence d'ouvriers métallurgistes, de charpentiers, de cordiers, de bottiers, de charbonniers, de fournisseurs, de fabricants de clous, de vis et de cordage, d'importateurs de thé et d'épices. Des rats détalaient çà et là. Des chiens galeux étaient tapis dans l'ombre, craintifs. Des chats faméliques miaulaient, faisaient le gros dos et montraient leurs dents. Des pigeons voletaient en roucoulant. Des corbeaux fouaillaient dans les ordures. Au loin montait la rumeur sourde et lancinante de la ville, et plus près, cette clameur, ce vrombissement. Soudain j'ai compris, c'était une immense grue qui montait des abords de la ville. Je me suis réfugiée sous un porche pour la regarder se rapprocher, lourde et maladroite, broyant le sol sous le poids d'une longue bande de roulement métallique. Elle s'est immobilisée dans un long grincement à cinquante mètres à peu près devant moi. Un jeune homme en jeans, T-shirt et casque rouge a sauté de la cabine sur la bande de roulement. Il a allumé une cigarette et sorti le journal de sa poche pour lire au soleil en attendant. Je l'observais. Moi aussi j'attendais. Soudain une seconde grue s'est profilée à la lisière de la ville.

Je me suis précipitée vers l'imprimerie. Dans le bureau, Granpa avait mis son uniforme, il était en train de griffonner dans son grand livre. Il faisait d'incompréhensibles commentaires sur le saint, ce trésor si précieux que Mouse Gullane avait découvert au fond des Marais Noirs. Ange et Mouse se régalaient de chocolats Milk Tray et de biscuits tandis que January rangeait une pile de carnets et de journaux dans leur boîte.

– Où tu étais ? m'a soudain demandé January.

– Ils vont tout raser, ai-je répondu.

J'ai commencé à lui raconter ce que j'avais vu mais je n'osais pas lui dire tout ce qu'il fallait s'attendre à voir dans les jours prochains.

– Sûrement pas aujourd'hui, disait-il. C'est trop tard pour commencer aujourd'hui.

– Non, mais demain.

– De toutes façons qu'est-ce qu'on peut faire ?

J'ai simplement hoché la tête et ouvert un paquet de biscuits. Nous surveillions la porte, persuadés qu'à tout moment des ouvriers en casques de chantier pouvaient débarquer. Mais personne ne vint. Et l'après-midi traînait en longueur.

– Les frères et sœurs d'Ange sont enfin revenus, ânonnait Granpa en écrivant. Ils l'emmèneront de l'autre côté du fleuve dans le monde des fantômes. Et Granpa ne s'en occupera plus... Amour. Granpa et Ange... Amour, amour, amour...

Sa main ralentissait peu à peu quand tout à coup il a lâché son crayon et plongé le regard sur Ange.

– Merveilleuse..., murmurait-il. Merveilleuse merveille...

Il a fermé les yeux et incliné la tête contre son livre.

– Granpa ! a hurlé Ange. Granpa ! Mon petit Granpa !
Elle a bondi vers lui.
Il ne bougeait plus. Plus calme que le calme.

27

Tout était condamné à disparaître : l'imprimerie, les entrepôts, les usines, les bureaux, les hangars. Les grandes presses surmontées de statues d'aigles et d'anges iraient dans un musée. On raserait au bulldozer toutes les fondations avant d'éliminer les gravats. De nouveaux bureaux flambant neufs apparaîtraient, des pubs, des restaurants. On planterait du gazon parsemé de panneaux signalant l'emplacement de ce qui avait disparu. On créerait des pistes cyclables, des allées piétonnes, des pontons pour amarrer les bateaux de plaisance. Le soleil brillerait, le territoire réaménagé resplendirait le long du fleuve argenté, et les gens se promèneraient en toute aise dans les allées dégagées. Nous avions compris, nous venions de le lire sur ces immenses panneaux que l'on avait dressé à côté des grues à l'arrêt.

Nous étions là, pensifs, songeant au mystère de la mort de Granpa, au mystère de cet homme saint, au mystère de ce monde nouveau qui naissait sous nos yeux.

Quand nous sommes allés la rejoindre, elle était assise par terre à côté de sa boîte à trésors.

– Il me l'avait dit, dit-elle d'un ton apaisé. Il m'avait dit qu'un jour il deviendrait plus calme que le calme et qu'il faudrait que j'aille de l'autre côté du fleuve. Mais comment vous saviez, vous, que c'était le moment de venir me chercher ?

– Je ne sais pas. C'est January qui a fabriqué un radeau et nous a persuadés de le suivre.

– Janry Carr, Janry Carr, mon frère.

Nous ne savions pas quoi faire de Granpa. Il était affaissé contre son livre, autour duquel nous avions disposé ses crayons et allumé des bougies. Le soir tombait, et nous avons commencé à réciter des prières et évoquer la mémoire de cet homme si bon, qui avait consacré sa vie aux autres.

– Granpa est parti, a dit Ange.

– Oui, il est parti.

– Il est parti mais il restera toujours dans mon cœur.

– Tu as raison, Ange.

– Je vais beaucoup pleurer, mais au fond de mon cœur, je serai heureuse pour lui.

Nous avons repris les photos de sa famille pour les regarder.

– Il faut que tu appelles à voix basse : « Maman… Maman ! ».

– Pourquoi ?

– Essaie, tu verras. Maman… Maman…

– Maman… Maman… Ça fait vraiment bizarre dans ma bouche. Maman… Maman…

– Chuchote tout bas. Vas-y, essaye, Anna.

Sa maman nous souriait sur la photo.

– C'est une merveilleuse Maman.

– Oui.

– Maman… Maman…

Je sentais son esprit peu à peu se détendre et se laisser pénétrer par un léger frémissement d'excitation.

– C'est quoi cette étrange sensation dans ma tête ?

– Étrange ?

– Oui, quand je chuchote « Maman… Maman ».

– C'est peut-être ta Maman. Elle est sans doute en

train de trouver la voie pour atteindre ton cœur et ton esprit.

_ Oh ! Erin. Je l'entends, elle chuchote « Anna... Anna ! »

– Écoute, Erin. Elle chuchote « Anna… Anna ! », exactement comme dans mes rêves.

– Mais ce n'est pas un rêve.

– Je sais, Erin. C'est une impression vive, aussi vive que le jour.

28

C'était au cœur de la nuit, au cœur des ténèbres. Le clair de lune se diffusait à travers les poutres brisées. Personne ne dormait et nos esprits divaguaient entre réalité, rêve et délire. Jan et moi, nous grignotions des biscuits et des chocolats en faisant les cent pas autour de l'imprimerie et en réfléchissant au radeau et aux projets pour le lendemain.

– Il faudra laisser ici Granpa et le saint, proposait January. Il faudra les laisser pour que les ouvriers les découvrent.

– De toute façon il n'y a pas de place sur le radeau.

Nous avons entouré le corps de l'homme qui venait des Marais de bougies et nous nous sommes assis à côté de lui.

– Qu'est-ce qu'ils vont dire quand ils vont les retrouver ? ai-je demandé.

– Tu imagines toutes les rumeurs qui vont circuler ?

– J'ai hâte de lire les journaux.

J'ai pris des lettres en plomb et écrit :

ANGE

– Ça, c'est une histoire qu'ils ne connaîtront jamais, ai-je ajouté.

– C'est notre histoire.

– Exactement. Elle comprend même des morceaux qui nous échappent et qui nous échapperont toujours.

– C'est une histoire faite de réalité, de rêve et de morceaux inventés.

– Je me demande ce qu'elle mettra dans son « Livre de ma vie », a dit Jan avant de commencer à m'expliquer ce qu'il avait lu dans les journaux.

– Ils ont chacun leur nom. La mère, le père, la sœur, les frères. Leur bateau a échoué sur une plage. On n'a jamais retrouvé les corps. Toute la famille a péri en mer.

– Sauf Anna.

– Sauf Anna.

– Emportée par la marée jusqu'au fleuve, engloutie dans les Marais Noirs, et repêchée par Granpa.

– Il faudra lui raconter tout ce qu'on sait sur elle.

– Oui, mais pas à pas.

– Oui, petit à petit.

Nos esprits divaguaient, divaguaient…

J'ai cru que c'était un effet des bougies, dû au reflet vacillant de la lueur sur sa peau. J'ai cru que c'était parce que j'étais épuisée. J'ai cru que c'était le choc d'avoir vu Granpa mourir, le choc de tous les événements que nous venions de vivre. J'ai plissé les yeux, secoué la tête.

Ce fut un mouvement très faible, presque imperceptible, une légère flexion des doigts, une élévation du dos à peine visible. Ensuite, plus rien. Était-ce les bougies ? ou l'effet de la fatigue ? Puis le mouvement reprit, une flexion des doigts des deux mains, et cette légère élévation du dos. L'homme a soulevé doucement les genoux puis les a rallongés.

– Jan, appelais-je, le souffle coupé. January…

– Non…

– Si…

Avec une parfaite grâce, il s'est redressé pour venir s'asseoir en face de nous. Il avait un visage radieux, éclairé par la lueur de la bougie et la clarté de la lune. Il était entièrement silencieux, les yeux fermés, et ses lèvres formaient toujours cette simple ligne droite. Il s'est mis debout, révélant une silhouette longue et élancée, puis il a fait une pause, comme s'il attendait.

On entendait Ange pleurer à l'intérieur du bureau.

– Granpa ! Mon Granpa adoré !

Comment décrire ce que l'on vit alors sortir du bureau ? Ce n'était pas le corps de Granpa. Son corps était resté à l'intérieur, reposant contre le livre, sur le bureau. Était-ce une empreinte de son corps qui s'était dégagée et dirigée vers la porte, comme devait l'expliquer Mouse ? Ou était-ce la bonté de Granpa, son cœur, comme Ange voulait s'en persuader ? Ce que nous avons vu Jan et moi, ce fut une forme floue et translucide de la taille de Granpa, qui a glissé sur le plancher de l'imprimerie.

Elle a rejoint le saint qui semblait l'attendre, et tous deux sont partis vers les quais. Nous les avons suivis et nous les avons vus descendre l'un derrière l'autre dans les Marais Noirs. Ils avançaient main dans la main avec naturel, comme sur la terre ferme. Ils ont glissé jusqu'à la frontière entre l'eau et la terre et ont pénétré dans le fleuve. Nous les avons vus s'enfoncer côte à côte, illuminés par le clair de lune, peu à peu immergés sous l'eau, ne laissant à la surface qu'un imperceptible remous, une légère risée.

29

Elle a déposé un baiser sur sa joue et versé quelques larmes.

– Au revoir, Granpa, murmurait-elle. Au revoir, mon Granpa chéri.

January, Mouse et moi, nous avons légèrement effleuré son corps. J'ai posé la main sur son livre et j'ai fait signe à Ange pour qu'elle vienne m'aider à le glisser afin de le ranger avec les autres livres et les trésors. Nous avons rassemblé nos affaires et ramassé des lettres de façon à pouvoir former nos noms et écrire le récit de ces événements. Enfin, nous avons fait un dernier tour de l'imprimerie et nous sommes partis à travers le dédale des allées sous un soleil éclatant. Arrivés au bord du quai nous avons fait une pause pour admirer la marée montante qui recouvrait les Marais Noirs.

Nous humions l'air de la mer. Au loin les sombres contours de la lande se dessinaient contre un ciel resplendissant d'un bleu éternel.

Les lumières de la circulation sur les ponts scintillaient. Des cyclistes et des marcheurs se croisaient sur la rive opposée. Des mouettes hurlaient.

– On est libres, a dit January, on peut faire ce qu'on veut et aller n'importe où. On n'est pas obligés de rentrer.

– Je sais.

– Il faudrait d'abord savoir ce qu'on va faire d'Ange. Après on pourra définitivement s'en aller.

– La prochaine fois, on y va à pied, ai-je suggéré d'un ton enjoué.

– D'accord, la prochaine fois on y va à pied.

– Je pourrai venir ? a demandé Mouse d'une voix timide.

– Pas question, a lancé January d'un ton sec, avant d'éclater de rire. Mais bien sûr, comment est-ce qu'on se débrouillerait sans notre Petit Assistant ?

La marée montante avait atteint le radeau qui commençait à flotter.

– J'ai peur, a chuchoté Ange.

– Moi aussi, ai-je répondu. On a toujours peur, mais c'est justement ça qui nous donne du courage.

– Plus courageux que courageux.

– Plus courageux que courageux, oui.

Nous avons enjambé le parapet et posé au fond du radeau les sacs, les trésors et les nouvelles rames en bois que January avait taillées. Puis, un par un, nous avons sauté tandis que January retenait le radeau par l'écoute. Soudain il a dénoué l'écoute, il a sauté à bord, et le flux de la marée nous a emportés au large en remontant le courant.

Derrière nous s'élevait la clameur des machines, et nous avons vu des hommes couverts de casques fluorescents remonter les allées où résonnaient des appels de voix.

En face, ni les cyclistes ni les passants ne nous voyaient, personne ne se retournait.

– Sympathique petite virée à la rame, non ! criait January, qui, voyant que personne ne faisait attention à nous, a ajouté : C'est sans espoir.

– Ils ne peuvent peut-être pas nous voir, essayais-je de le rassurer.

– Comment ça, ils ne peuvent pas ?

Je pensais à ce qu'avait dit Wilson Cairns : « Il faut regarder longtemps, sinon ça t'échappe. »

– Peut-être qu'ils ne savent pas regarder comme il faut.

– Oh hé ! criait January en agitant le bras. Oh hé les gars ! Sympathique petite virée à la rame, non !

Les passants continuaient à marcher, les cyclistes continuaient à rouler…

Nous avons laissé derrière nous les quais des Marais Noirs, puis dépassé d'autres quais abandonnés et plusieurs sites en cours de réaménagement où se dressaient ces grands panneaux annonciateurs d'un monde nouveau. Le radeau tanguait et roulait au gré des remous et des courants contraires, les flancs battus par d'immenses vagues d'eau sombre. Ange était agrippée à moi, bouche bée. À présent, les passants nous regardaient comme une apparition. Des couples, main dans la main. Des familles. Des bandes de garçons et de filles. Ange baissait la tête pour se protéger, blottie derrière moi et répétant :

– Ce sont tous des fantômes, ce sont tous des fantômes…

Nous sommes passés sous l'arche du plus haut pont métallique, découvrant un vaste panorama où se mêlaient l'ancien et le nouveau : des ensembles de bureau modernes jouxtaient le vieux château de la ville et la cathédrale dont on reconnaissait le clocher, c'était un enchevêtrement de pierre et de bois, de béton et de verre. La ville grondait et bourdonnait alentour comme un être vivant.

Partagée entre la crainte et la fascination, Ange ne cessait de se boucher et se déboucher les oreilles, de se couvrir et découvrir les yeux.

– Tu as peur ? ai-je demandé.
– Oui, j'ai peur.
Les yeux écarquillés, stupéfaite, elle a commencé à relever la tête et se pencher en arrière pour contempler avec émerveillement le pont, le ciel, le monde.
– Merveilleux… merveilleux, Erin, murmurait-elle, le souffle coupé. Merveilleux… merveilleux…

Troisième partie

WHITEGATES

1

Nous retournions à notre point de départ, ramant à travers les remous et les tourbillons, louvoyant entre les déchets qui flottaient sous un soleil de plomb. Le fleuve nous emportait dans son mystérieux lit noir sous un ciel infini. Il emportait avec nous notre histoire. Il emportait avec nous notre sœur, Ange. Ange, une petite fille qui avait failli se noyer en mer, une petite fille qu'on avait sauvée du limon, une petite fille qui tenait du poisson ou de la grenouille, une petite fille qui, avec son beau regard et son éternel sourire, voyait le Paradis au cœur de toute chose. Elle avait saisi ma main. « Erin, disait-elle. Erin, tu t'occuperas de moi, toi, ma meilleure amie ? » Je souriais, souriais... Cependant le radeau tanguait et tournoyait à mesure que nous nous rapprochions du quai, fouettés par d'immenses vagues d'eau noire.

Nous sommes arrivés, nous avons soulevé les rames, nous nous sommes hissés sur la terre ferme, mais pas un instant je ne l'ai quittée du regard. Elle n'a pas bougé, elle ne s'est pas effacée, elle n'a pas disparu. Elle était toujours accrochée à moi avec ses doigts palmés. Elle me souriait toujours de ses yeux mouillés. January nous a attachés avec le bout du radeau et Mouse est monté le premier, puis moi, mais j'ai failli perdre l'équilibre à mi-chemin. Nous avons vidé le radeau en nous passant les sacs et les boîtes contenant les trésors d'Ange. Accroché au bout, un pied sur le radeau et un autre sur les avirons, January attendait à présent qu'Ange traverse.

Elle m'a jeté un long regard. Personne ne disait un mot. Nous attendions et nous observions. Le radeau oscillait et craquait légèrement. J'avais la tête qui tournait. J'imaginais Ange à nouveau emportée par le courant. J'imaginais la vague s'élever et l'arracher au radeau pour l'engloutir dans les océans. C'était un rêve, une vision. Quand je suis revenue à moi, Ange était accroupie au fond du radeau, au-dessus de l'inscription en lettres dorées et de la menace de January. Les yeux fermés, tremblant, éclaboussée par l'eau, elle se mordillait les lèvres.

– Allez, viens, je l'encourageais.

– Viens, reprenait Mouse.

– Allez, tu es courageuse.

– Plus courageuse que courageuse, ajoutait January.

Un sourire illuminait son visage, ses lèvres, ses joues. Elle a rouvert les yeux, tendu le bras et m'a pris par la main. Elle a fait un pas hors du radeau et elle est monté avec moi.

– Pouah ! s'exclamait-elle. Pouah !

Nous avons fait une pause sur le vieux débarcadère. En riant, January s'est penché pour dénouer le bout dont il maintenait l'extrémité afin que le radeau ne remue pas trop violemment.

– Quelle blague ! On était censés partir à des kilomètres et des kilomètres. En fait on était à peine hors de portée de vue.

C'était vrai. Nous nous étions à peine éloignés de notre point de départ. On voyait les flèches des grues qui surplombaient la ligne de toits brisée derrière le quai des Marais Noirs. Des hommes en casques foulaient peut-être déjà le sol de l'imprimerie. En ce moment même ils étaient peut-être en train d'ouvrir la porte du bureau et de découvrir Granpa. Ils commençaient peut-être déjà à s'interroger, à murmurer, à forger des légendes.

Soudain le radeau a donné une secousse brusque, comme s'il voulait à tout prix qu'on le libère.

– Lâche-le, ai-je dit.

– Je le lâche comme ça ? a demandé January.

Il écarquillait les yeux de surprise.

– Comme ça ? c'est tout ?

– Ouais, comme ça, c'est tout.

Il a tiré d'un geste brusque sur le bout et s'est exclamé avec un franc sourire :

– Tiens bon.

Il est remonté sur le radeau, s'est allongé, a sorti son canif et s'est mis à graver des mots dans la surface vernie.

– Qu'est-ce que tu fabriques ? criais-je.

– Si jamais il y a quelqu'un qui s'en sert, il faut qu'ils sachent. Ça servira d'instructions.

Il s'est mis à reprendre à voix haute les mots qu'il gravait :

– N'oubliez pas de vous munir de couteaux, d'une torche, de nourriture, de vêtements de rechange. Soyez courageux et fort. Soyez...

Il s'est retourné et m'a regardée.

– Ne partez pas seul ! ai-je hurlé, et il a inscrit à la hâte ces mots.

A nouveau il s'est retourné.

– Il faut un véritable ami ! ai-je crié, et il a inscrit ces mots.

– Quoi d'autre ?

– Quelqu'un à qui vous seriez prêt à confier votre vie Quelqu'un avec qui vous pourriez aller jusqu'à la mort.

Il a souri et soigneusement gravé ces derniers mots au cœur des fibres du bois.

Puis il est remonté et m'a pris l'écoute de la main.

– C'est bon.

Et il a lâché le radeau.

Le radeau a tournoyé jusqu'au milieu du fleuve, hésitant et ballotant légèrement avant d'être emporté par le courant. Nous l'avons vu diminuer, diminuer, de plus en plus petit. On distinguait encore quelques bribes de l'inscription en rouge, le contour des portes, mais bientôt il a entièrement disparu de la vue.

Nous n'avons jamais vraiment quitté notre radeau adoré du regard. Désormais nous le verrions à jamais voguer au fil de l'Ouseburn, au-delà des Marais Noirs, décrivant cette immense courbe avant de se jeter dans la mer qui miroite au loin.

2

Je pensais déjà à notre prochaine escapade. On fuirait ensemble, tous les quatre. On irait dans des endroits inconnus, secrets, interdits. Pas la peine d'aller loin. On pouvait découvrir les choses les plus merveilleuses à quelques mètres seulement, la largeur d'un fleuve. Les choses les plus extraordinaires peuplaient notre monde quotidien, qui ne demandaient qu'à être découvertes.

Nous avons traversé à la hâte le terrain vague, sautant par-dessus les clôtures, entre les énormes tas de gravats, au-delà des feux de joie encore fumants. Des mouettes filaient à tire d'aile au-dessus de nous, les ailes déployées, hurlant leur besoin de liberté qui nous allait droit au cœur. Nous grimpions la colline, de plus en plus loin du fleuve, à travers le terrain où l'on avait démoli tous les terrassements. C'était le chantier de fouilles de Mouse, le chantier où il s'était préparé pour sa grande aventure dans les noirs Marais Noirs.

Nous sommes entrés dans le domaine de Saint-Gabriel. Nous sommes passés devant la maison où j'avais vécu avec Maman. J'avais grandi là, dans son ventre, j'étais née là, dans notre Paradis. Là se trouvaient le lit d'enfant Oxfam et les images de fées sur les murs, les fleurs de toutes les couleurs et les baies mûres. Là régnaient encore et toujours l'amour et le bonheur. Au plus profond de moi, Maman soupirait légèrement, murmurant mon nom et frémissant de joie.

A présent nous étions au milieu du domaine : on reconnaissait les briques et les murs en crépis, les toits rouges, les lampadaires, les panneaux indiquant le nom des rues, la signalisation routière, les jardins aux contours nets. Les rayons du soleil tapaient contre les vitres des maisons et jetaient sur les pavés une lumière aveuglante, la chaussée de goudron scintillait, transformée en un ruban liquide noir qui nous conduisait à Whitegates.

– C'est là, j'ai dit à Ange. Le bâtiment, là, à trois étages, avec la clôture métallique et les visages aux fenêtres.

Wilson Cairns était collé derrière la vitre, comme s'il n'avait cessé de regarder dehors depuis que nous étions partis. Skinny Stu était dans le jardin, la cigarette aux lèvres, ses côtes saillantes au soleil, tel que nous l'avions laissé le jour de notre départ.

– Tiens, salut, a-t-il dit simplement quand nous avons franchi le portail.

– Salut.

– Alors, ce pique-nique ?

– Formidable, Stu.

– Mais qu'est-ce que vous nous ramenez là ?

– Ange, ai-je répondu. Une petite sœur.

– Ah bon ?

Il a craché et toussé puis écrasé sa cigarette sous la semelle de sa chaussure et levé les yeux au ciel.

Nous sommes rentrés dans Whitegates. Maureen était dans les escaliers. Elle eut la respiration coupée en nous voyant. Elle a plaqué sa main contre sa bouche et s'est exclamée :

– Erin ! January ! Sean ! On se faisait tellement de souci !

Fingers Wyatt et Maxie Ross nous observaient depuis la porte de la salle de billard.

Fingers avait un large sourire et les mains jointes de bonheur.

Maureen est descendue vers nous. Elle s'est d'abord approchée de moi mais instinctivement, j'ai fait un pas en arrière. Elle est allée embrasser Mouse et, en me jetant un œil au-dessus de ses épaules, elle a poursuivi :

– Tellement de souci ! Vous auriez pu vous en douter, non ?

– Oui.

– Il aurait pu vous arriver n'importe quoi. N'importe quoi. Qu'est-ce qu'on va faire de vous maintenant ?

– Sais pas.

Elle s'est écartée de Mouse en nous toisant du regard.

– Et elle, qui est-ce ?

– On l'a ramenée avec nous. Elle n'a pas de famille, pas de maison.

– Comment tu t'appelles ? a-t-elle demandé à Ange en la dévisageant.

– Réponds, ai-je murmuré.

Soudain Ange a enfoui son visage dans mes bras. Mais elle jetait quelques coups d'œil sur Maureen et elle a fini par chuchoter :

– Je m'appelle Ange. Ou Anna.

– Et où sont ton père et ta mère, Anna ?

– Réponds.

– Ils sont dans mes rêves et dans mes trésors. Ils sont dans mes rêves, aussi clairs que le jour, a-t-elle répondu, respirant à peine, terrorisée, en passant sa langue sur les lèvres.

Maureen m'a lancé un regard intrigué.

– Et où est-ce que tu as vécu, Anna ?

– Avec mon Granpa, de l'autre côté de l'eau vive.

– Et où est ton grand-père aujourd'hui ?

Elle était au bord des larmes, incapable de répondre.

Maureen s'est approchée de moi.

– Qui est-ce ?

– Aucune idéee.

– J'ai fait des cauchemars épouvantables, Erin, a ajouté Maureen en me prenant par la main. Je ne comprends pas, c'est plus fort que vous ? vous ne pouvez pas vous empêcher de fuir ?

Je l'ai regardée dans le blanc des yeux et j'ai immédiatement compris qu'elle avait un besoin urgent de réponse. Elle avait besoin de me prendre dans ses bras et de m'accueillir comme sa fille.

– J'ai besoin de comprendre, répétait-elle.

– La liberté. Simplement, la liberté.

Je me suis détournée et je l'ai abandonnée là.

3

Quand nous sommes rentrés dans la salle de billard, Fingers est tout de suite venue m'embrasser en ne cessant de répéter nos noms comme pour s'assurer de notre retour. Elle avait eu tellement peur qu'on ait disparu au fond du fleuve ou au fond de la mer, disait-elle.

– Il y a tellement d'histoires, tellement de bruits qui courent. C'est vrai que vous vous êtes enfuis en radeau ?

– Oui, nous avons répondu tous les trois.

Elle se mordillait la langue. Maxie observait la scène, très excité. Les autres s'étaient rassemblés autour de nous et gloussaient. Fat Kev, caché dans un coin, toujours en train de se gratter le ventre, nous surveillait.

– J'en étais sûre, disait Fingers. J'ai rêvé de toi. Toutes les nuits je te voyais te précipiter sur le fleuve, je te voyais au loin, très loin, naviguant sur la mer. Mais c'était comment ? C'était comment ? demandait-elle en riant et en nous embrassant.

Soudain elle s'est posée, dévisageant Ange avec curiosité.

– Formidable, ai-je répondu. L'expérience la plus fantastique que tu puisses imaginer.

– J'en étais sûre. J'en étais sûre. Je te l'avais dit, Maxie, non ?

– Oui, tu avais raison. Un radeau. Le fleuve. La mer.

– Et vous êtes allés jusqu'où ? a demandé Fingers.

Nous hésitions. C'était un peu plat de répondre simplement : de l'autre côté du fleuve, jusqu'aux Marais Noirs, dans une imprimerie, avant de revenir ici.

– Dans un autre monde, ai-je murmuré en la prenant par le bras pour la serrer fort contre moi.

– Non ! elle s'est exclamée, la respiration coupée.

– Si. On a simplement traversé le fleuve mais on a découvert un autre monde.

Fat Kev a claqué la langue. Il ricanait.

– Et voilà notre nouvelle amie, que nous avons ramenée avec nous, ai-je ajouté en prenant Ange autour des épaules. Elle s'appelle Ange, ou Anna. Elle est venue vivre avec nous. Ange, je te présente Fingers, Maxie. Ce sont aussi tes amis.

Elle a levé les yeux timidement. Souri timidement. Tendu la main timidement, et la lumière que laissaient passer les fenêtres illuminait ses doigts palmés. Fingers a avancé le bras pour lui prendre la main en disant :

– Tu es belle.

– Toi aussi tu es belle, a répondu Ange en effleurant de la main les cicatrices et les brûlures sur le cou de Fingers.

– Tu as été blessée, mais tu es belle.

Puis elle a jeté autour de la pièce un regard plus rassuré et s'est écriée :

– Oh ! Erin, ma sœur !

A ce moment-là, elle a aperçu Wilson Cairns. Il était assis à sa table, face au mur, un bol de terre glaise et un bol d'eau devant lui. Il tenait entre les mains une figurine d'enfant.

Je suis allée lui présenter Ange.

– Bonjour, Wilson. On est revenus, comme promis.

Il s'est retourné. À travers ses épaisses lunettes, il a plongé le regard dans les yeux d'Ange, comme s'il voyait à travers elle quelque chose d'extraordinaire, enfoui au plus profond de son cœur.

– On n'a jamais oublié d'ouvrir l'œil, tu sais, ai-je dit. On a vu les choses les plus incroyables, Wilson. On a découvert notre petite sœur, Ange, et on l'a ramenée avec nous.

– Mais vous repartirez, a-t-il ajouté.

– Oui. On repartira et on reviendra. Tu pourrais t'en aller, toi aussi. Tu pourrais venir avec nous.

Il a reniflé et jeté un œil sur son corps massif en esquissant un sourire :

– Moi ?

Je lui ai rendu un immense sourire. Je savais qu'il avait raison.

Tandis que nous nous échappions en courant sur la terre ou en dérivant sur l'eau, il se forgeait sa liberté à lui à travers son art de l'observation, à travers ses réflexions et ses songes, à travers son travail de l'argile.

Ange s'est penchée pour toucher la figurine en terre glaise en demandant :

– Tu l'as trouvée dans l'eau et la boue, là-bas ?

– Oui.

– Il est adorable.

– Oui.

– Et tu as aussi trouvé ses frères et sœurs dans l'eau et la boue, là-bas ?

– Oui.

Il lui a montré les autres personnages qu'il avait fabriqués ce jour-là – des bébés et des enfants, des filles et des garçons –, dont certains étaient presque secs, d'autres encore mouillés et malléables.

Elle a passé la main sur la surface humide et appuyé doucement du bout des doigts. Un léger filet d'eau et d'argile s'est écoulé le long de ses mains.

– Ils sont comme moi. Mon Granpa a trouvé Ange dans l'eau noire et la boue noire.

A son tour, Wilson a passé ses doigts potelés sur les fines membranes soyeuses entre les doigts d'Ange.

– On trouve au fond de l'eau et de la vase des choses qui bougent et qui marchent comme nous, a repris Ange.

– Oui, je sais.

– On les a vues, ces choses, avec ma sœur, Erin Law, et mes frères, Janry Carr et Mouse Gullane. On les a vues.

– Oui, je sais.

Debout à côté de Wilson, elle a pris une boule de terre glaise dans les mains. Elle a commencé à la pétrir et à la modeler en souriant, laissant l'eau et la terre couler le long de ses bras et fredonnant une douce mélodie. Wilson a repris ses travaux, et peu à peu, de nouveaux corps prenaient forme sous leurs quatre mains.

Nous nous sommes éloignés pour rejoindre la table de billard et raconter à Fingers, Maxie et les autres nos aventures. Fat Kev est sorti de son pas pesant mais Maureen nous observait de la fenêtre de son bureau. Nous avons commencé par raconter tout ce qui était crédible, réservant ce qui ne l'était pas pour plus tard – la mort de Granpa, la découverte du saint, le mystère d'Ange. Et nous sommes allés à la fenêtre pour leur montrer les quais secrets des Marais Noirs, au-delà de Saint-Gabriel, au-delà des ponts.

– C'était là-bas, juste avant l'immense courbe du fleuve.

– Où exactement ? a demandé Maxie.

– Où exactement ? ont repris les autres.

– Juste après l'Ouseburn, a dit Mouse.

– Du côté de la bande marécageuse, a précisé January.

Les Marais Noirs. C'est un endroit complètement mort, couvert de vieux entrepôts et d'usines, dont une immense imprimerie désaffectée. Personne n'y va jamais.

– N'y allait jamais jusqu'ici, ai-je corrigé.

– Oui, jusqu'ici. Aujourd'hui ils sont en train de tout démolir pour construire des restaurants et des nouveaux trucs, comme partout ailleurs.

Ils ont haussé le sourcil, haussé les épaules.

– Nous non plus, poursuivais-je, on ne savait pas qu'un tel lieu existait. Un lieu hallucinant. Malheureusement, aujourd'hui ils détruisent tout.

A l'extérieur, le domaine était éclairé par le soleil de l'après-midi. Dans la salle de billard, une impression d'étonnement semblait flotter, suscitée par le récit de nos aventures, par notre retour dans le monde ordinaire et la découverte de cette petite fille qui chantonnait et murmurait à côté de nous.

– Vous ne nous avez pas tout dit, j'espère ? a demandé Fingers.

– Non, ai-je répondu. Il y a encore plein de choses à raconter. Mais on vous les racontera plus tard.

4

– Anna comment ? me demandait Maureen.
– Je ne sais pas.
– Et elle vivait avec son grand-père ?
– Oui.
– Il s'appelait comment ?
– Je ne sais pas.
– Il est mort ?
– Oui, il est mort.
– Et c'était dans un vieux bâtiment près du fleuve ?
– Dans une imprimerie.
– C'est tout ce que tu sais ?

J'ai haussé les épaules, debout en face d'elle. Elle venait de m'appeler de son bureau pour me faire monter.

– Sil te plaît, aide-moi, m'implorait-elle.
– C'est ce que je suis en train de faire.
– Alors dis m'en plus. Qu'est-ce que tu sais d'autre ?
– Deux ou trois choses. Mais qui lui appartiennent. Je ne suis pas sûre qu'elle veuille que tu le saches.
– Erin !
– Quoi, Erin ?
– Je suis là pour l'aider, comme je suis là pour vous aider tous.
– Pour nous aider !
– Tu n'as jamais voulu qu'on t'aide, toi ? Tu as toujours pensé que tu était trop forte, n'est-ce pas ? Mais nous avons tous besoin d'être aidés. Tous.

Je la fusillais du regard.

– Toi surtout, non ?

Elle a tressailli mais elle ne m'a pas quittée du regard.

– Peut-être.

Je n'avais qu'une envie, tourner les talons pour aller rejoindre Jan, Ange et les autres. Mais je suis restée.

– Toi, ai-je lancé sèchement.

– Quoi, moi ?

– Toi. Toi qui penses que ma mère n'était pas une bonne mère. Toi qui penses que tu aurais été mieux qu'elle.

Puis je me suis interrompue pour ajouter, le regard braqué sur elle :

– Toi qui penses que j'aurais pu être ta fille.

– Ça n'était qu'un rêve..., murmurait-elle. Ça ne t'arrive jamais de voir quelqu'un et de penser qu'il ou elle aurait pu être ton père, ta sœur, ou ton frère ?

– Non, jamais !

– Eh bien peut-être qu'un jour ça t'arrivera, quand tu seras plus grande.

– Ça m'étonnerait !

Je tremblais. Je serrais les poings. J'avais beau vouloir partir, j'étais incapable de faire un pas.

– Si, si, ça m'arrive. Bien sûr que si, ça m'arrive, qu'est-ce que tu crois !

Elle a essayé de faire un geste vers moi en se penchant au-dessus de son bureau mais j'ai reculé.

Elle me regardait, je pleurais. J'ai fini par m'asseoir sur la chaise en face d'elle.

– Tu es tellement courageuse, Erin, tellement forte, disait-elle doucement. Je suis sûre que ta mère était une femme merveilleuse.

– Oui, elle l'était.

Elle s'est penchée à nouveau et j'ai sursauté.

– À une époque, poursuivait-elle, je rêvais d'avoir de nombreux enfants. Mais ça n'est pas ce qui est arrivé. C'est peut-être pour ça que je suis venue travailler dans un endroit comme celui-ci.

– Tu es tellement froide. Parfois on dirait que tu nous détestes.

– J'ai connu beaucoup de déceptions ici, Erin. Il y en a parmi vous qui sont très marqués.

Elle a poussé un soupir las et j'ai vu son regard s'assombrir.

– Et puis il y a ceux qui refusent systématiquement qu'on les aide. Ou encore ceux qui s'enfuient tout simplement.

A nouveau j'ai senti la colère sourdre en moi.

– Comme moi, tu veux dire.

– Je t'en prie, Erin, ne nous disputons pas.

Je me suis frottée les yeux. J'entendais les autres qui riaient dans la salle de billard. J'avais la tête qui tournait comme si le radeau tanguait sur le fleuve déchaîné.

– On pourrait travailler ensemble, a dit soudain Maureen.

– Hein ?

– On pourrait apprendre à connaître Ange ensemble, par exemple, réfléchir à la façon de s'occuper d'elle. J'ai vu combien tu l'aimais, Erin... comme si c'était ta sœur.

Je savais que c'était inutile. Les séances de thérapie de groupe, les questions, les conseils, les enquêtes. Il valait mieux que je parte avec elle vivre dans la lande, vivre en liberté, comme des enfants sauvages, comme des vagabonds. Il valait mieux fabriquer un nouveau radeau et fuir vers la mer. Il y avait certainement d'autres moyens de s'occuper d'enfants comme Ange, ou comme moi, comme January Carr, ou comme Mouse Gullane.

– Il lui est arrivé des choses atroces, j'ai répondu tout à coup. Mais tu as vu comme elle est heureuse ?

– C'est vrai, oui.

– Non, ça, tu ne comprends pas.

Elle a croisé mon regard.

– Non, je ne comprends pas. Mais je pourrais essayer de comprendre.

Elle s'est penchée au-dessus de son bureau et je l'ai laissée poser sa main sur la mienne.

– On pourrait travailler ensemble, Erin.

Je n'ai rien répondu.

– Il va falloir que je rédige un rapport, que je fasse une enquête.

– C'est ça. Tu es incapable de l'aimer et de la laisser en paix. Tu es incapable de la laisser être ce qu'elle est, en attendant de comprendre son histoire peu à peu.

– Si, je vais essayer, a-t-elle promis en me serrant la main très fort, mais je me suis dégagée et j'ai filé sans plus un mot.

5

Le jour commençait déjà à décliner, c'était le début de la soirée. Avec January, j'avais caché les boîtes à trésors d'Ange au-dessus de l'armoire dans ma chambre. Debout devant la fenêtre ouverte, January était silencieux, perdu dans ses pensées et ses rêves. La main posée sur son épaule, je lui ai confié en souriant :

– Je ne pense pas qu'on va rester très longtemps. Mais il faut maintenir Ange hors de leur emprise, tu ne crois pas ?

Il n'a pas fait le moindre geste, pas dit le moindre mot.

– Qu'est-ce qu'il y a ? ai-je demandé.

Il a cligné les yeux et hoché la tête. Il parlait comme s'il revenait d'un autre monde.

– Sais pas. Rien.

– January ?

– Tu n'as jamais l'impression que tu es morte dès les premières années, comme si le temps s'était arrêté ? Peu importe ton âge, tu restes toujours un enfant, un bébé ?

– Si.

– Et tu n'as pas la trouille ? Une trouille bleue ?

– Si. Une trouille bleue. Tu es tellement petit, et le monde est tellement grand. Tu es seul. Tu te demandes ce que tu vas devenir. Tu te demandes qui va s'occuper de toi.

– Oui… Oui…

Debout à côté de lui, je lui ai pris la main et je me suis appuyée contre lui. January Carr, mon ami. January Carr, si grand et si fort, lui qui avait construit le radeau sur lequel nous avions fui. January Carr, nouveau-né si fragile transporté dans une boîte en carton par une nuit d'hiver, sous la tempête. Il tremblait.

– Qu'est-ce que tu as ?

– Quelque chose est en train de se passer. Il va se passer quelque chose et…

– Et quoi ?

– Sais pas, répétait-il en se mordillant la lèvre. J'ai peur, Erin. Je suis mort de peur.

– Je serai toujours avec toi.

– Je sais. Je sais que tu m'aimes.

– Et que tu m'aimes.

Nous étions blottis l'un contre l'autre. Quand tout à coup j'ai vu l'oiseau voler vers nous derrière lui. Il s'est perché sur le rebord de la fenêtre un court instant, puis s'est élancé dans la chambre avec un petit battement d'ailes vif.

– Un oiseau ! s'est exclamé January. Regarde, un oiseau !

Il volait en cercles au-dessus de nous, c'était un petit oiseau noir, peut-être ce drôle de moineau que j'avais vu avec Maman. January a basculé la tête pour le suivre du regard, les yeux écarquillés, sidéré.

– Un oiseau, Erin !

Il est revenu se percher sur le rebord de la fenêtre, il a hésité un instant, puis s'est envolé dans la nuit tombante. Nous l'avons regardé disparaître dans les airs au-dessus du domaine.

– C'est l'oiseau de la vie.

– L'oiseau de la vie ?

– Je l'ai déjà vu. Il vole à l'intérieur de la chambre puis

il s'en va. Il ouvre ses ailes et voltige autour de nous quelques secondes.

– Mais il va revenir ?

– Sans doute, oui.

Blottis côte à côte, nous souriions, le cœur tremblant d'émotion, encore bouleversés par tout ce que nous avions vu et vécu ensemble.

– On redescend ?

– D'accord, a-t-il répondu d'une voix hésitante.

Il a pris une profonde respiration, fermé les yeux, et j'ai senti son esprit se concentrer dans un profond silence. Puis il a secoué la tête, ouvert les yeux et m'a longuement observée comme s'il était dans un autre monde.

– Les dents de l'Enfer, Erin.

– C'est quoi au juste, Jan ?

– Sais pas, Erin. Sais pas.

Nous sommes descendus dans la salle de billard. Wilson et Ange continuaient à faire du modelage face au mur, elle, la petite fille gracile, appuyée contre lui, le garçon trop gros. De l'eau et de la terre coulait le long de leurs doigts. Les derniers rayons du soleil couchant pénétraient en biais à travers les vitres. Les enfants qui jouaient au billard formaient des silhouettes noires courbées au milieu des flocons de poussière. En m'approchant, j'ai entendu Ange et Wilson respirer à l'unisson, comme en un chant, une longue et douce mélopée. La tête penchée en avant, ils étaient plongés dans l'argile qu'ils pétrissaient, étiraient et sculptaient. Derrière moi, January se tenait debout devant la table de billard à côté de Maxie. On entendait un oiseau gazouiller dans le jardin. La ville bourdonnait au loin. Je sentais le fleuve couler dans mon esprit. Je sentais en moi les tourbillons et les remous de ses eaux sombres et profondes, comme si j'étais happée par la force de ses courants contraires.

Je me suis approchée et j'ai vu Ange pouffer de rire à côté de Wilson qui soupirait de joie. Ils avaient étendu sur leurs mains une petite figurine, la pauvre silhouette trempée d'un enfant. Un corps luisant. Tremblant. Les jambes et les bras parcourus de légers spasmes. Wilson l'a faite glisser de la paume au bout des doigts. Le corps s'est courbé, la tête en arrière, les bras légèrement relevés, une jambe tendue, comme sur le point de danser. La figurine était reliée à leurs mains par un filet de pâte gluante, comme celle qu'on trouvait au bord des Marais Noirs, là où l'eau rejoignait la terre, où l'on découvrait les êtres les plus étranges. La figurine a cessé de bouger et Wilson l'a déposée sur la surface mouillée du tas d'argile inutilisée.

Je suis allée poser la main sur cet enfant d'argile froide et mouillée, cet enfant né de la terre, de l'eau, de l'amour et de l'espoir.

– Tu vois ? demandait-il.

– Oui… oui…

6

– Je veux qu'elle dorme dans ma chambre ce soir.

Maureen a haussé les épaules.

– Je mettrai des affaires et des couvertures par terre

Elle a haussé les épaules.

– Comme tu voudras.

Elle a détourné le regard et dit :

– Je me suis peut-être toujours trompée.

– Comment ?

– Je suis peut-être incapable d'apprendre vous à connaître, incapable de vous comprendre.

J'ai baissé les yeux en haussant les épaules.

– Il est peut-être temps que je m'en aille, a ajouté Maureen.

– Peut-être.

Elle a repris sa respiration et j'ai compris à quel point un seul mot pouvait faire mal.

– Pourtant j'ai tout fait pour vous aimer, tout. Pas comme il le fallait, sans doute…

Je savais qu'elle avait besoin d'être rassurée, mais j'ai simplement haussé les épaules et demandé :

– Alors c'est d'accord, pour Ange ?

– Comme tu voudras.

Ange et moi, nous avons récupéré des couvertures et des coussins pour les installer par terre à côté de mon lit. Puis nous nous sommes assises avec nos boîtes à trésors contre le mur, sous la fenêtre, bercées par la brise nocturne et éclairées par le clair de lune. La main dans la main, nous nous laissions aller à nos rêves. Elle était plongée dans les photos de sa famille perdue. Quant à moi, j'ai ouvert ma boîte et je me suis mis du rouge à lèvres, du vernis à ongles, du parfum, et j'ai sorti la photo de cette petite chose mi-poisson mi-grenouille qui nageait dans le ventre de sa Maman. « Maman... », nous murmurions ensemble. « Maman... Maman... » Souriant toutes deux, nous les avons entendues chuchoter notre nom et venir nous caresser légèrement la peau avant de nous bercer dans leurs bras. Peu à peu nous quittions la chambre de Whitegates. Bientôt j'étais dans le jardin couvert de fleurs et de baies mûres. Mais où était Ange ? Dans un canapé, sur les genoux de sa mère, peut-être, ou dans un petit bateau à voile voguant sous le soleil. Nous divaguions, divaguions... Quand soudain January est venu rompre le charme. Doucement, il a ouvert la porte et s'est approché. Il s'est accroupi devant nous, le visage tour à tour éclairé et assombri par le clair de lune mouvant.

– Je n'arrive pas à me calmer, je n'arrive pas à dormir.

– Janry Carr ? a appelé Ange.

– Oui ?

– Dis-moi ce que tu sais sur moi.

Nous avons ouvert une de ses boîtes et Jan a sorti un journal.

– Qu'est-ce qu'on dit là ?

Je soupirais. Un jour il faudrait que nous lui disions tout ce qu'on savait. Il faudrait peu à peu lui apprendre la vérité.

– Tu t'appelles Anna Mai, a commencé Jan.

– Anna Mai ?

– Oui, Anna Mai.

– Anna Mai… C'est joli comme nom, Anna Mai.
– Oui, c'est vrai, ai-je dit. C'est un joli nom.
– J'ai découvert d'autres choses, a ajouté January. Mais on te les dira petit à petit.
– D'accord, tout petit à petit.
Elle répétait son nom, roulant les trois syllabes autour de ses lèvres, autour de sa langue et dans sa gorge.
– Anna Mai, Anna Mai, Anna Mai…
– Mai, c'est le nom d'un des mois de l'année, lui expliquais-je. C'est l'époque où le monde devient plus fort et plus beau.
– Anna Mai, Anna Mai, Anna Mai, répétait-elle en riant. Ça fait vraiment bizarre dans ma bouche.
Dehors, de l'autre côté du fleuve, la ville bourdonnait en sourdine. Au-dessus de nous, on entendait des bruits de pas qui semblaient se rapprocher dans les escaliers, jusque devant la porte. Alors on a frappé et Mouse s'est timidement glissé à l'intérieur.
– Je n'arrive pas à dormir.
Nous avons pouffé de rire et il est venu s'asseoir à côté de nous. Glapi la souris sautillait entre ses mains grandes ouvertes.
– Hi, hi !
– Vous allez repartir ? a demandé Mouse.
– Un jour, ai-je répondu.
– Vous me le direz ?
– T'inquiète pas, Mouse. On te le dira. Tu viendras avec nous.
Un instant, nous nous sommes laissés envahir par l'image du fleuve, des Marais Noirs, de l'imprimerie, du saint et de Granpa qui pénétraient dans les eaux.
– Raconte-moi plus, a repris Ange.

– Plus de quoi ?

– Plus de secrets, Janry Carr, mon frère.

– Ta maman s'appelait Alison. Ton père s'appelait Thomas.

– Des noms, des noms adorables.

– Adorables, j'ai répété en lui pressant la main.

– Ils sont plus calmes que le calme ?

– Oui, Ange, a soupiré January, sans doute.

Des larmes coulaient sur ses joues.

– Plus calmes que le calme, répétait-elle. Mais dans mes rêves ils bougent, ils sourient, ils tremblent, et ils sont aussi clairs que le jour.

Elle tenait ses mains palmées devant elle, illuminées par la clarté de la lune, magnifiques.

– Mi-poisson mi-grenouille, chuchotait-elle. Anna mi-poisson mi-grenouille. Raconte-moi encore, Janry Carr, mon frère.

– Ta sœur s'appelait Caroline. Tes frères, Anthony et Tom.

A présent les larmes ruisselaient sur ses joues, et je la tenais serrée contre moi.

– Plus calmes que le calme. Et la petite Ange est toute seule, et le monde est grand, très grand, toujours plus grand.

Je la tenais serrée contre moi tandis qu'elle découvrait peu à peu les secrets de son histoire.

– Je suis ta sœur, la rassurais-je. Et eux, ce sont tes frères. Nous t'aimons, Ange, nous t'aimons très fort.

Elle s'est lovée dans mes bras.

– Ne dis plus rien, mon frère. Ne dis plus rien avant que la nuit soit devenue aussi claire que le jour.

7

Nous nous étions endormis tous les quatre, assis sous la fenêtre au clair de lune. Soudain Maureen est venue frapper à la porte, comme en un rêve, et elle est entrée doucement dans ma chambre. Elle portait un long peignoir bleu, elle était pieds nus, le visage aussi pâle que la lune.

– Excusez-moi, je n'arrive pas à dormir…

Je l'ai regardée. January l'a regardée. Elle se tenait à la porte, hésitante.

– Je me faisais du souci pour vous. Je… Je croyais que vous étiez repartis…

Sa voix tremblait. Elle se frottait les yeux avec des gestes maladroits. Elle est venue s'accroupir devant nous. Elle a tendu le bras et pris la main d'Ange. « Fiche-lui la paix ! » j'avais envie de hurler. Cependant je voyais la main d'Ange serrer délicatement celle de Maureen…

– On retrouvera ton identité, murmurait Maureen. On ira chercher dans les rapports des enfants disparus et on retrouvera sûrement ton identité.

Elle caressait tendrement les doigts palmés d'Ange, respirant à peine.

– Sais-tu qui tu es ?

– Je m'appelle Anna Mai.

– Anna Mai ?

– Anna Mai. Il y a d'autres choses mais on les découvre tout petit à petit.

– Nous avons d'autres éléments, a ajouté January. Mais

ce sont des choses qu'Ange doit découvrir elle-même. Un jour, elle te les dira peut-être, tu comprends ?

– Oui.

Allez, pensais-je. Allez, fous le camp ! "

Comme si elle m'avait entendue, elle a murmuré : « Erin s'il te plaît, non. »

Mais elle restait à côté d'Ange, comme si elle voulait quelque chose, comme si elle attendait quelque chose.

Ange a effleuré le visage de Maureen et demandé :

– Où est ta petite fille ?

Maureen a écarquillé les yeux.

– Ma petite fille ?`

– Oui. La maman d'Erin avait une petite fille. La maman d'Ange avait une petite fille. Où est la petite fille qui était dans Maureen ?

Ses yeux mouillés de larmes réfléchissaient l'éclat de la lune.

– Je n'ai pas de petite fille.

Ange s'est mise à réfléchir.

– Alors c'est Maureen, la petite fille. Mais où est la maman de Maureen ?

Ses larmes coulaient et brillaient.

– Je n'ai pas de maman.

– Plus calme que le calme ?

– Plus calme que le calme… Plus calme que le calme…

Elle caressait les joues de Maureen avec ses doigts palmés, essuyant délicatement ses larmes. J'ai jeté un coup d'œil à Jan ; nous roulions les yeux de mépris, et de surprise.

– Tu es gentille, répétait Ange. Tu es gentille, Maureen.

8

Nous dérivions entre sommeil et rêve. Je sentais le doux bercement du fleuve et le lent tournoiement du radeau. Au plus profond de mon sommeil, j'étais plongée au cœur des ténèbres des Marais Noirs, allongée à côté de Maman et de plusieurs saints. Je nageais au milieu de bancs de poissons et de grenouilles. Je donnais des coups de pied, j'agitais les bras et j'entendais Maman me chanter des berceuses, je sentais la pression de ses mains sur moi. Je volais d'une pièce à l'autre au milieu d'étranges petits oiseaux, puis je m'élançais dans la nuit pour aller retrouver mon nid. J'ouvrais les mains comme Ange, les doigts palmés face au soleil et à la lune. Je sentais les mains de Wilson Cairns qui me soutenaient, son souffle contre moi, il m'encourageait à bouger et à marcher à travers une petite table entourée d'un groupe d'enfants fascinés. Je sentais mon cœur battre et mon esprit frémir de vie et d'amour au fond de moi. C'est alors que j'ai entendu chuchoter mon nom, « Erin, Erin, Erin... » et j'ai ouvert les yeux.

– Erin, chuchotait January. Qu'est-ce qu'il y a ?

– Rien. J'ai simplement besoin de bouger, j'ai besoin que tu viennes avec moi.

– Qu'est-ce qu'il y a ? S'il te plaît, Erin.

Nous sommes sortis de la chambre et descendus sur la pointe des pieds. L'aurore s'achevait. Le soleil était encore bas, rougeoyant à l'est. Nous avons traversé la partie bétonnée du parc et franchi le portail pour aller dans le domaine. Des moineaux filaient à tire d'aile dans le ciel, des pigeons, des corbeaux, des mouettes qui tournoyaient très haut en hurlant. Nous sommes passés devant la petite maison, le jardin abandonné, la porte défoncée. Arrivés sur le terrain vague. La lumière du soleil se réfléchissait contre l'arche du grand pont métallique. Le bourdonnement sourd de la ville montait peu à peu tandis qu'une nouvelle journée commençait. Les toits et les flèches des clochers, les lacets des ruelles en pente, les vieux escaliers et les allées, la brique, l'acier et la pierre formaient une ligne d'horizon dentelée. Plus loin, à l'est, on distinguait la lande. Le ciel était plus clair, de plus en plus clair. Des effluves de pétrole, d'algues marines, de mer, de poisson, de pourriture, de fleurs, de poussière se dégageaient. Face à nous se déployait le mystère du fleuve qui miroitait comme du métal en fusion sous un ciel infini. Ce fleuve qui serpentait à travers la ville, au-delà des Marais Noirs, avant de se précipiter dans la mer. Ce fleuve qui coulait au pied des pubs, des boîtes et des bureaux neufs, au pied des vieux entrepôts, des débarcadères en ruines, des immenses grues, des chantiers de construction. Ainsi se déployait le mystère de ce fleuve qui coulait à travers le passé et le présent avant de jaillir vers le futur. Debout sur un tas de briques et de gravats, nous contemplions ce paysage.

– Qu'est-ce qu'il y a, Jan ?

– J'ai fait des rêves, des rêves de boîtes en carton, d'hôpitaux, de tempêtes en pleine nuit. Mais ils sont plus marquants qu'avant.

Il frissonnait.

– Angoissants ?

– Angoissants.

Je tremblais au souvenir de mes cauchemars à moi.

– Jan, tu crois que c'est épouvantable d'être ce qu'on est ?

– Sais pas. Mais qu'est-ce que ça veut dire, être quelqu'un ? En tout cas c'est vrai, parfois c'est épouvantable. Parfois c'est ce qu'il y a de pire au monde.

– Partons. Demain. Aujourd'hui.

– D'accord.

– Mais où ?

– La lande ?

– Ouais, la lande. Tu imagines ?

Nous nous rêvions déjà au milieu de cette lande que nous contemplions, chevauchant à travers les fougères, sautant par-dessus les ruisseaux, allongés au soleil sur l'herbe verte et douce, bercés par les appels des courlis et le parfum de la tourbe.

– Wouah !

– Wouah ! Wouah !

– Jan, tu crois qu'on va passer notre temps à fuir ?

– Sais pas. Jusqu'à ce qu'on soit adultes, peut-être. Jusqu'à ce qu'on ait des enfants qui auront besoin qu'on s'occupe d'eux à leur tour.

Un court instant j'ai eu une vision – Jan et moi des années plus tard, entourés d'enfants. Ce fut un très court instant, un éclair. Je n'ai rien dit, mais j'ai cru que Jan avait eu la même vision.

– C'est peut-être épouvantable mais j'aime ça, ai-je dit.

– Tu aimes quoi ?

– Le fait d'être vivante, d'être ce que je suis, dans ce monde, ici et maintenant.

– C'est génial, non ? s'est-il écrié avec un sourire rayonnant. Génial !

Nous sommes allés nous promener sur le terrain vague qui jouxtait le domaine. Le soleil continuait à se lever. Jan me tenait par le bras quand soudain il m'a arrêtée. Il s'est retourné et il a longuement regardé derrière nous.

– Qu'est-ce qu'il se passe, Jan ?

– Sais pas. Rien.

Nous avons continué à marcher mais January n'arrêtait pas de se tourner et se retourner.

– Tu es sûre qu'on n'est pas en plein rêve ? m'a-t-il demandé.

– Non, on n'est pas en plein rêve.

– Alors pourquoi est-ce que les rêves nous hantent avec une telle force, Erin ?

9

Retour à Whitegates. Le portail métallique, le jardin bétonné. Wilson était à la fenêtre, le regard fixe, comme s'il voyait à travers nous, au-delà de nous, quelque chose qui viendrait d'un autre monde. January continuait à regarder en arrière comme si nous étions suivis, poursuivis, ou recherchés.

Nous sommes entrés à l'intérieur. Un silence de mort régnait. Nous sommes allés nous asseoir dans la salle de billard à côté de Wilson. Une pluie de poussière brillait à travers les rayons de soleil qui inondaient la pièce. January était d'un calme absolu, à présent. Il me tenait la main.

J'ai plongé mes yeux dans les siens et je lui ai demandé :

– Qu'est-ce qu'il y a ?

– Reste avec moi, c'est tout ce que je te demande. Reste à côté de moi, Erin.

Des bruits de pas ont résonné en haut. Je me suis retournée et j'ai vu descendre Ange, accompagnée par Mouse qui bâillait et se frottait les yeux. Maureen les suivait en peignoir, pieds nus, les cheveux en bataille. Elle s'est arrêtée dans l'encadrement de la porte au moment où ils nous rejoignaient. Toutes les deux nous avons échangé un regard circonspect, soupçonneux, mais je savais que nous avions commencé à nous rapprocher. Je savais que notre histoire avait commencé à changer. J'ai soupiré en pensant à Maman et j'ai senti qu'elle me souriait.

– Janry Carr, a dit Ange, mon frère. Tu as encore fui plus loin que loin ?

Il l'observait du fond de son rêve.

– Janry Carr est plus gentil que gentil. Plus fort que fort.

Elle s'est assise par terre avec Mouse pour jouer avec Glapi.

On a entendu Wilson Cairns pousser un profond soupir. Puis un autre. January est allé le réconforter près de la fenêtre et moi je suis allée lui entourer les épaules. Il a tendu le bras en arrière, il m'a pris la main et m'a attirée à lui.

– Erin, murmurait-il.

Face à nous s'étendait le domaine : les maisons aux couleurs pastel, les routes qui brillaient sous le soleil, les jardins verdoyants, les toits rouges, les oiseaux qui volaient et tournoyaient sous le ciel immense. Nous admirions en silence et nous attendions.

Elle avait dû passer par le terrain vague au-dessus du fleuve, devant la petite maison et le jardin. Elle est arrivée à portée de vue et elle s'est arrêtée au carrefour. Elle portait une paire de jeans bleus, un blouson en cuir noir et un sac à dos rouge, comme si elle revenait d'une expédition. Elle a regardé autour d'elle un moment avant de repérer Whitegates. Elle a longuement observé le bâtiment. Ses cheveux blonds soulevés par le vent fouettaient son visage. Elle a regardé la route derrière elle, comme si elle était prête à retourner sur ses pas, mais finalement elle s'est avancée. Elle semblait encore hésiter, se retournant sans cesse, puis soudain elle a redressé les épaules, secoué la tête, rejeté ses cheveux en arrière, et nous avons vu scintiller ses boucles d'oreilles. Elle hâtait le pas, la démarche plus assurée.

La route noire brillait à ses pieds comme un ruban liquide et elle semblait tour à tour pénétrer et ressortir de ce ruban liquide. Plus près de nous, quand elle a atteint le portail métallique, nous avons découvert son rouge à lèvres rouge, son visage aux traits fins, ses yeux vifs troublés. Ses vêtements étaient couverts de poussière. Son jeans déchiré au genou. Son blouson lacéré. Elle avait l'air effrayée, épuisée, mais January avait raison, elle était belle. Elle a traversé le jardin bétonné. Elle nous a aperçus à la fenêtre, elle a hésité une dernière fois, tremblante, craintive.

– Oh ! Erin, chuchotait January.

– Regarde, regarde, murmurait Wilson Cairns.

Les mains de January ne tremblaient pas, il avait une respiration régulière, et il émanait de lui un profond silence intérieur, tandis qu'elle continuait d'avancer et entrait dans Whitegates. J'ai quitté la fenêtre avec lui. Ange nous observait de ses beaux yeux qui savaient si bien percevoir la beauté au-delà de la misère du monde. Elle a délicatement effleuré January de ses doigts palmés quand il est passé devant elle.

Elle était là, dans l'entrée.

Comment se sont-ils reconnus ? Rêves anciens. Images d'une nuit d'hiver sous la tempête. Amour. Ils se sont dévisagés.

– Je savais que tu viendrais, a dit Jan.

Elle a plongé le visage dans ses mains mais elle le regardait à travers les doigts.

– Je t'attendais, murmurait-il.

J'ai voulu le laisser seul mais il m'a retenue.

– Tout va bien, disait-il. Je sais que tu m'as toujours aimé. J'ai toujours su que tu reviendrais.

– Comment tu t'appelles ?

Il eut le souffle coupé.

– Je ne sais pas, a-t-il répondu en me relâchant soudain. Dis-moi comment je m'appelle.

Ils se sont avancés l'un vers l'autre et je me suis détournée.

Je suis allée m'asseoir auprès d'Ange et je lui ai pris la main. Mouse jouait à côté avec Glapi. Wilson faisait du modelage. Bientôt, Fingers, Maxie et les autres descendraient nous rejoindre. Dehors il faisait presque grand jour.

– C'était la maman de Janry Carr, a dit Ange.

– Oui, c'est ça. La Maman de January Carr.

– C'est une Maman merveilleuse.

– Oui.

Nous avons soupiré et souri. Elle s'est lovée contre moi en se tortillant.

– Raconte-moi l'histoire de Janry Carr.

– Oh ! c'est une longue histoire de tempête et d'hiver.

– Tu me la raconteras ?

– Oui, Ange. Un jour je te raconterai son histoire.

10

Il était une fois, quand mon histoire a commencé, j'étais une toute petite chose, invisible, la plus petite chose de ce monde immense. J'étais enfouie au fond du ventre sombre de Maman. Nous vivions dans un bed-and-breakfast bon marché au-dessus des quais. Maman était belle, elle avait des yeux verts étincelants et des cheveux roux qui encadraient son joli visage comme un jet de flammes. Papa était marin, il travaillait sur un chalutier étranger qui remontait le fleuve pour fuir une tempête qui déferlait sur la mer. Lorsque Maman l'a vu s'en aller et nous abandonner, elle a compris que je frémissais déjà des premiers instants de la vie dans son ventre. Elle m'a emmenée avec elle dans une petite maison située sur le domaine Saint-Gabriel. Et je suis devenue cette créature mi-poisson mi-grenouille qui donnait des coups de pieds et nageait en elle. Elle me chantait des berceuses et me parlait à voix basse. Elle m'a acheté un lit d'enfant Oxfam, elle a décoré le mur avec des images et préparé le paradis dans lequel nous avons vécu quelques années trop brèves. Cette histoire aurait pu être triste, très triste. Aussi triste que l'histoire de mes amis January Carr, Mouse Gullane, Anna Mai, Wilson Cairns, et celle de tous les autres. Cependant nous sommes ensemble, solidaires, et nos récits se mêlent et se rejoignent comme les courants contraires d'un fleuve. Nous nous protégeons les uns les autres à mesure que nous avançons dans la vie, parfois à reculons, ou en titubant. Néanmoins, nous vivons de véritables moments de joie et de magie. Les choses les plus surprenantes vous attendent à l'aube de chaque jour, chaque fois qu'une page est tournée. Ainsi, quand j'ai laissé January ce matin-là pour retourner dans la salle de billard, je savais que l'une de nos histoires venait de prendre fin. C'était l'histoire de notre fuite en radeau, l'histoire de notre rencontre avec Ange dans les Marais Noirs et de son retour à la maison avec nous. Certains récits s'achèvent différemment, celui de January Carr par exemple, de son vrai nom Gabriel Jones, qui vit aujourd'hui avec sa Maman. Maureen continue à nous dire que nous sommes beaux et courageux tout en essayant de s'en persuader elle-même. Ange vit à Whitegates avec nous mais nous l'appelons Anna Mai. Nous lui apprenons peu à peu les quelques bribes de sa vie que nous avons pu recueillir, qui forment l'histoire de sa merveilleuse famille perdue en mer. Nous avons commencé à déchiffrer les carnets de Granpa, à dégager les fils de son étrange récit à partir des listes d'objets trouvés, des dessins, des cartes et des croquis dont il remplissait les marges. Tout ce qu'il a écrit à l'encre noire se rapporte à une période très lointaine, à l'époque où l'imprimerie battait son plein et fourmillait d'une activité débordante, à l'époque où d'immenses navires remontaient le fleuve et des milliers d'hommes en bleus de travail s'agitaient sur les quais. Cette histoire se déroule et rejoint celle d'Ange, recueillie dans les Marais Noirs par un vieux gardien au clair de lune. Elle rejoint aussi l'histoire de trois êtres qui auraient pu être trois petits anges, ou trois petits diables, sans doute quelque chose entre les deux. Comme toutes les histoires, celle-ci n'a pas de véritable fin. Elle continue à l'infini et se mêle à celles du monde entier. Notre histoire n'est qu'un infime morceau de ce grand puzzle. Y croirez-vous ? Car c'est une histoire vraie.

GEORGES LEMOINE

L'ILLUSTRATEUR

Georges Lemoine dessine, peint et photographie. Il aime la littérature contemporaine et pense qu'il faut la faire connaître aux jeunes lecteurs. Il illustre le plus souvent des textes destinés à ce public, créant à son intention des fenêtres dans les mots, les pages imprimées… afin de lui faciliter l'accès aux livres. Georges Lemoine a illustré des textes contemporains comme Rolande Causse, J.M.G. Le Clézio, Jean-François Ménard, Jacques Roubaud, Michel Tournier, Claude Roy, Marguerite Yourcenar.

DAVID ALMOND

L'AUTEUR

David Almond a toujours voulu écrire. Après avoir enseigné, il a un beau jour quitté son travail, vendu sa maison et a rejoint une communauté d'artistes pour se consacrer entièrement à l'écriture. Il habite aujourd'hui à Newcastle, et c'est un auteur déjà réputé et primé en Grande-Bretagne, en particulier pour ses livres pour la jeunesse. Il allie le plus souvent réalité et imaginaire, créant un mélange excitant et original composé de drames humains, d'allégories, d'épisodes surréalistes.
Cet écrivain figure parmi les préférés de J.K. Rowling, le célèbre auteur de *Harry Potter*, en particulier pour son premier roman publié en France : *Skellig*.
Ange des Marais Noirs a fait partie de la sélection finale du prestigieux Prix Whitbread 2000.

Si tu aimes les histoires à l'atmosphère étrange, mystérieuse et fantastique tu peux lire les titres suivants parus dans la collection FOLIO **JUNIOR**

LE RÊVEUR

DE IAN MCEWAN

n° 1032

Peter est un rêveur. et vous trouverez dans ce livre quelques-unes de ses étranges aventures… Que se passe-t-il lorsque le chat offre à Peter de devenir chat à son tour ? Que faire quand on a une petite sœur insupportable et qu'on ne sait vivre qu'en rêvant ? Peut-on à la fois conduire sa petite sœur à l'école et la protéger des loups affamés ? Tendre et drôle, le quotidien de Peter se transforme par la seule magie du rêve.

LULLABY

DE J.M.G. LE CLÉZIO

n° 448

Vers le milieu du mois d'octobre, Lullaby a décidé de ne plus aller à l'école. Elle est partie à la découverte de ses émotions, de sa sensibilité. Grâce à la plage, la mer, d'étranges inscriptions, au travers de rencontres et de souvenirs. Une aventure de quelques jours, de toute une vie.

GÉANTE

DE MELVIN BURGESS

n° 1032

Peter et sa petite sœur Amy sont réveillés en pleine nuit par un terrible ouragan. Le lendemain, guidée par une force surnaturelle, Amy se précipite vers le grand chêne. Déblayant la terre au pied de l'arbre déraciné, elle met au jour une géante ensevelie. Elle la réchauffe de ses caresses et l'étrange dormeuse revient peu à peu à la vie... Les jours suivants, la petite fille s'échappe de chez elle en cachette pour la retrouver et devient son amie. Mais pourra-t-elle garder longtemps son secret ?

UNE PROMESSE POUR MAY

DE MELVIN BURGESS

n° 1119

Tam, dont les parents sont séparés, se réfugie souvent dans une ferme en ruines, à l'écart de la ville. Un jour, il y rencontre une vieille mendiante et son chien. Ensemble, ils vont effectuer un étonnant voyage dans le temps et se trouver plongés en pleine Seconde Guerre mondiale. May, une étrange petite fille, devient alors son amie...

Maquette : Aubin Leray

Loi n°49-956 du 16 juillet 1949
sur les publications destinées à la jeunesse
ISBN 2-07-054414-1
Numéro d'édition : 96863
Numéro d'impression : 54490
Dépôt légal : février 2001
Imprimé en France sur les presses de la Société Nouvelle Firmin-Didot